■ 阅 读 滋 养 人 生

读名家，品经典，助成长

专家审定委员会

艾青诗文集

AI QING SHIWENJI

艾青 著

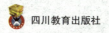

四川教育出版社

图书在版编目（CIP）数据

艾青诗文集 / 艾青著. — 成都 : 四川教育出
版社, 2021.6
ISBN 978-7-5408-7657-9

Ⅰ.①艾… Ⅱ.①艾… Ⅲ.①诗集—中国—当代②散
文集—中国—当代 Ⅳ.① I217.2

中国版本图书馆 CIP 数据核字（2021）第 098328 号

艾青诗文集

艾青◎著

出 品 人	雷 华
策划编辑	任 舸
特约策划	段晓猛
责任编辑	杨 波
责任校对	王延瑜
装帧设计	鹿 琳
出版发行	四川教育出版社
地　　址	四川省成都市黄荆路 13 号
邮政编码	610225
网　　址	www.chuanjiaoshe.com
排版制作	文贤阁
印　　刷	大厂回族自治县益利印刷有限公司
版　　次	2021 年 6 月第 1 版
印　　次	2021 年 10 月第 2 次印刷
成品规格	145mm×210mm
印　　张	6.5
插　　页	8
书　　号	ISBN 978-7-5408-7657-9
定　　价	25.80 元

如发现质量问题，请与本社联系。总编室电话：(028) 86259381
营销电话：(028) 86259605　邮购电话：(028) 86259605　编辑部电话：(028) 85623358

名家名作阅读课程化方案

　　阅读是同学们汲取知识、提升能力和素质的重要途径。同学们如何阅读才能获益最多？本丛书为同学们量身制订了一套科学合理的课程化阅读方案，包含阅读规划、阅读要点、阅读攻略等，旨在帮助同学们实现有价值的阅读，通过阅读提高自己的综合素养，丰富自己的精神世界。

系统阅读规划

阅读阶段	阅读群体	阅读要求	推荐书目	推荐理由
第一阶段	1～2年级学生	能流畅阅读浅显的童谣、儿歌、童话、寓言等，培养阅读兴趣	《和大人一起读》《读读童谣和儿歌》《孤独的小螃蟹》《一只想飞的猫》《"歪脑袋"木头桩》《小狗的小房子》《小鲤鱼跳龙门》《神笔马良》《七色花》《愿望的实现》《一起长大的玩具》……	作品内容浅显，全书注音，注重快乐阅读，符合低龄学生的阅读特点
第二阶段	3～4年级学生	养成读书习惯，能理解作品大意，广泛查阅并与同学交流图书资料	《安徒生童话》《格林童话》《稻草人》《中国古代寓言》《伊索寓言》《克雷洛夫寓言》《中国古代神话》《世界经典神话与传说》《看看我们的地球》《灰尘的旅行》《人类起源的演化过程》……	阅读这些作品，不需要有专业知识就能理解作品大意，并能学到新知识
第三阶段	5～6年级学生	能够主动进行探究性阅读，提升文学素养	《中国民间故事》《欧洲民间故事》《非洲民间故事》《西游记》《红楼梦》《三国演义》《水浒传》《小英雄雨来》《爱的教育》《童年》《鲁滨逊漂流记》《汤姆·索亚历险记》……	作品内容相对来说比较深刻，有益于提高学生的思考能力
第四阶段	7～9年级学生	广泛阅读各种名著，能通过阅读名著认识社会、感悟人生，提高综合素质，学以致用，举一反三	《朝花夕拾》《白洋淀纪事》《湘行散记》《猎人笔记》《给青年的十二封信》《骆驼祥子》《昆虫记》《钢铁是怎样炼成的》《泰戈尔诗选》《简·爱》《儒林外史》……	作品所反映的内容与现实密切相关，可以满足学生对社会、人生的探索。作品所体现的美好品质对学生的成长有着激励作用

快乐阅读要点

　　品读经典，与经典同行，和文学巨匠来一次心灵的碰撞，让自己的灵魂接受一次全新的洗礼，相信你会有绚丽的人生。本丛书设置了阅读辅助栏目，提炼阅读要点，帮助同学们在快乐阅读中培养兴趣、增长见识、启迪心智。

培养兴趣 | PEIYANG XINGQU

　　为培养同学们的阅读兴趣，本书正文前设置了"阅读速递"栏目，简单介绍全书内容，吸引同学们持续阅读。另外，本书配以精美的插画，生动的画面能够激发同学们的阅读兴趣。

增长见识 | ZENGZHANG JIANSHI

　　名著是人类智慧的结晶，是知识的源泉。为帮助同学们开阔视野，增加知识储备，更好地理解名著的意蕴，本书设置了"延伸阅读"栏目。

启迪心智 | QIDI XINZHI

　　任何一部名著都有着深刻的内涵，给人以启迪。它们或教育人奋发图强，或教育人永不言败，或教育人韬光养晦，或教育人懂得感恩……多读名著能获得成长智慧，启迪心智。

　　读书是一门学问，讲求方法和原则。为使同学们能科学读书、有效读书，我们提供了以下几种行之有效的阅读方法。

1 泛读

　　泛读即广泛阅读，指读书面要广，要求广泛涉猎各方面知识。古人云："读书破万卷，下笔如有神。""读万卷书，行万里路。"多读书，尤其是多读名著，有益于开阔视野，充实自我。

2 速读

　　速读即快速阅读，指对作品迅速浏览一遍以掌握其全貌。古语云："五更三点待漏，一目十行读书。"运用速读法读书，可以加快阅读速度，增加阅读量。

3 跳读

　　跳读即略读，指读书时把不重要的内容放在一边，选择重要部分进行阅读。有时读书遇到疑难问题无法解惑时，也可以先跳过问题继续往下读，便可前后贯通。东晋大诗人陶渊明曾说："好读书，不求甚解；每有会意，便欣然忘食。"

4 精读

　　精读即细读，指深入细致地研读。精读要求读书时精心研究，细细咀嚼，抓住书中的精华。唐代文学大家韩愈有句名言："记事者必提其要，纂言者必钩其玄。"读书如能做到"提要钩玄"，则基本掌握了书的大意。

5 善思

　　读死书是没有用的，读书时要知道怎样用眼睛去观察，怎样用脑子去思考才行。读书贵在思索。只有把学与思结合起来，才能真正领会书中的要义。

6 活用

　　读书要懂得举一反三，学以致用。南宋学者陈善提倡"出入法"，即读书既要读进书中去，又要从书中跳出来。倘若读书不能跳出书本，不能学以致用，就不算有效读书。

作者生平图解

出生于浙江省金华市金东区畈田蒋村。

考入杭州国立西湖艺术院绘画系。

年初回国，在上海加入中国左翼美术家联盟，从事革命文艺活动。同年7月，被捕入狱。

保释出狱。

抗战爆发后到武汉，写下《雪落在中国的土地上》。

1910　1917　1928　1929　1932　1934　1935　1936　1937

就读于蒋村乔山小学。

发表长诗《大堰河——我的保姆》，轰动诗坛。

到巴黎勤工俭学，学习绘画。

出版了第一本诗集《大堰河》。

赴延安，在陕甘宁边区文化协会工作，任《诗刊》主编。此时代表作品有《向太阳》等。

任中国作家协会副主席，出访了不少国家。

因病逝世，享年86岁。

1938 　 1941 　 　 1945 　 　 　 　 1979 　 　 　 1985 　 　 1996

任教于鲁迅文学艺术院文学系，并加入中国共产党。

获法国文学艺术最高勋章。

初到西北地区，创作《北方》等著名诗篇，同年到桂林，任《广西日报》副刊编辑。

　　艾青（1910-1996），原名蒋正涵，主要作品有诗集《大堰河》《北方》《他死在第二次》《向太阳》等，散文集《海恋花》《绿洲笔记》等，理论著作《释新民主主义的文学》《新文艺论集》《诗论》等。其中，《春》《太阳的话》《我爱这土地》等诗作曾入选中小学教材。

而我却爱那白浪／——当它的泡沫溅到我的身上时／我曾起了被爱者的感激（《浪》）

我爱这悲哀的国土，／一片无垠的荒漠／也引起了我的崇敬（《北方》）

紧随着季节与气候 / 以及困苦的手臂犁锄的操作 / 改变着每一片上面的颜色；人类沿着网走成了路，/ 一条路连一条路，/ 每一条路都通到无限去——（《土地》）

当我重新得到了自由，/他热切地盼望我回去，/他给我寄来了/仅仅足够回家的路费。（《我的父亲》）

快起来，快起来 / 快从枕头里抬起头来 / 睁开你的被睫毛盖着的眼 / 让你的眼看见我的到来（《太阳的话》）

那些殿堂多么雄伟／里面更是金碧辉煌／那些感人肺腑的诗篇／谁读了能不热泪盈眶（《光的赞歌》）

序言

　　歌德曾说："读一本好书，就是和一位高尚的人谈话。"文学名著是人类文化的精华，是文学巨匠、思想巨擘智慧的结晶，是我们生命中不可或缺的精神食粮。

　　名著犹如一面镜子，既能照出人的本性，又能照出世间的美丑。名著源于现实生活，名著中的人就是作者对现实中的人的再塑造，名著中描摹的人性的善、恶、美、丑就是现实中人性的真实反映，名著中建构的世界就是真实世界的缩影。因此我们阅读名著，就是在名著中阅读自己、阅读世界。

　　走进名著，开始快乐阅读吧！阅读会使你发现真实的自己，辨识自己身上的优点、缺点，摆脱平庸与狭隘，使自己的人格得到升华；阅读会使你练就一双智慧之眼，分清是非，辨别美丑，学会用正确的眼光看待大千世界；阅读会培养你的审美观，充实你的思想，使你成为一个通情达理、身心健康、感情真挚、品德高尚的人。

　　中小学生正处于身心快速发展的阶段，尤其需要经典名著的滋养。为此，我们遵从中小学生的阅读特点，精心选编了这套丛书。本丛书包含童谣、儿歌、寓言、童话、小说、诗歌、散文等多种作品，这些作品或是指引时代的航标，或是传承千年的箴言，或是激荡人心的妙笔，都能如春风细雨般滋润每一位小读者的心田。另外，我们精心设置了"阅读速递""延伸阅读"栏目，希望以此为同学们搭建一架通往文学世界的桥梁，让同学们能感受到经典名著不朽的艺术魅力。

作品概述

《艾青诗文集》收录了一些艾青在 20 世纪 30 年代至 70 年代末期间创作的诗歌和他的散文。

《大堰河——我的保姆》是一首送给中国广大勤劳忠厚的劳动妇女的赞美诗。诗歌主要描写了"大堰河"一生的悲苦经历，歌颂了她朴实、勤劳、善良的美好品质，抒发了诗人对"大堰河"的深切怀念与感激之情，同时真实地揭示了旧中国广大劳动妇女的悲惨命运。

《雪落在中国的土地上》是一首充满悲愤力量的诗歌。诗歌借助风雪中的农夫、少妇、母亲的形象，刻画出了一幕幕催人心碎的悲剧场景，抒发了诗人对残酷的社会现状和空前严重的民族危机的担忧和焦虑，表现了诗人的赤子之心。

此外，书中还选取了如《我爱这土地》《人皮》等歌唱祖国的土地和控诉人民所遭受的苦难和不幸的诗歌，这些诗歌激励了千万个不愿做奴隶的人不甘国土被侵犯而斗争；还有《他死在第二次》《雪里钻》等诗歌，讴歌了战士英勇无畏、奋不顾身的精神。

本册《艾青诗文集》，是一部集历史性、思想性和艺术性于一体的诗文集。它将如黑暗中的一座灯塔，向我们传达光明与希望的讯息，永远忠实地给我们以心灵的慰藉。

艺术特色

1. 具有鲜明的主题和意象

艾青诗歌的主题是爱国主义，而中心意象则是土地与太阳，如《我爱这土地》《向太阳》等。土地的意象凝聚了艾青对祖国和人民的诚挚而深沉的爱，太阳的意象则表现了诗人对光明、理想和美好生活的追求。艾青曾说："凡是能够促使人类向上发展的，都是美的，都是善的；也都是诗的。"他以此为出发点，热情地讴歌着太阳、黎明、春天、生命、光明和火焰，这是他的"永恒主题"。

2. 具有忧郁的诗绪

"忧郁"渗透了艾青的灵魂，是构成其诗歌艺术特性的基本要素之一。如《手推车》中，"枯干了的河底""阴暗的天穹""灰黄土层""荒漠"等意象所呈现出的灰暗色彩，从物理层面表现出了"忧郁"；而在精神层面，"寒冷""静寂""悲哀"等词语结合灰暗色彩的意象，便形成了忧郁的诗绪。艾青诗歌当中的"忧郁"主要包含三个层面：民族忧患感、自我压抑感和生命悲凉感。其中，民族忧患感最为突出。艾青所生活的年代，正值中华民族遭受苦难最为深重、残酷，反抗又最为激烈、悲壮的时期，因此他的诗歌传达出了悲愤的倾诉、绝望的抗争和热烈的憧憬。这些感情的互相冲突，互相融合，使其诗歌具有了恒久的历史内涵和艺术魅力。

3.具有独特的感受世界的方式

艾青十分注重感觉和感受，他常常处于一种沉思的状态，这能够让他抓住那种瞬间得来的新鲜印象，并用贴切的诗句表达出来。他追求将主观情感与感觉相融合，并从中展开联想，创造出具有象征意义的视觉形象。如《旷野》中使用的"模糊""灰黄""灰白""土黄""暗赭""焦茶""混浊"等词语，既是对外在世界的光和色的敏锐感受，也暗示和象征了诗人内在世界所感到的"沉重""困顿"和"倦怠"，蕴含着诗人对时代、命运等的个人理解和思索。

目录

艾青诗文集

MuLu

阳光在远处

阳光在沙漠的远处，
船在暗云遮着的河上驰去，
暗的风，
暗的沙土，
暗的
旅客的心啊。
——阳光嬉笑地
射在沙漠的远处。

一九三二年二月三日　苏伊士河上

大堰河
——我的保姆

大堰河，是我的保姆。
她的名字就是生她的村庄的名字，
她是童养媳，
大堰河，是我的保姆。

我是地主的儿子；
也是吃了大堰河的奶而长大了的
大堰河的儿子。
大堰河以养育我而养育她的家，
而我，是吃了你的奶而被养育了的，
大堰河啊，我的保姆。

大堰河，今天我看到雪使我想起了你：
你的被雪压着的草盖的坟墓，
你的关闭了的故居檐头的枯死的瓦菲，
你的被典押了的一丈平方的园地，
你的门前的长了青苔的石椅，
大堰河，今天我看到雪使我想起了你。

你用你厚大的手掌把我抱在怀里，抚摸我；

在你搭好了灶火之后，

在你拍去了围裙上的炭灰之后，

在你尝到饭已煮熟了之后，

在你把乌黑的酱碗放到乌黑的桌子上之后，

在你补好了儿子们的为山腰的荆棘扯破的衣服之后，

在你把小儿被柴刀砍伤了的手包好之后，

在你把夫儿们的衬衣上的虱子一颗颗地掐死之后，

在你拿起了今天的第一颗鸡蛋之后，

你用你厚大的手掌把我抱在怀里，抚摸我。

我是地主的儿子，

在我吃光了你大堰河的奶之后，

我被生我的父母领回到自己的家里。

啊，大堰河，你为什么要哭？

我做了生我的父母家里的新客了！

我摸着红漆雕花的家具，

我摸着父母的睡床上金色的花纹，

我呆呆地看着檐头的我不认得的"天伦叙乐"的匾，

我摸着新换上的衣服的丝的和贝壳的纽扣，

我看着母亲怀里的不熟识的妹妹，

我坐着油漆过的安了火钵的炕凳，

我吃着碾了三番的白米的饭，

但，我是这般忸怩不安！因为我

我做了生我的父母家里的新客了。

大堰河，为了生活，

在她流尽了她的乳液之后，

她就开始用抱过我的两臂劳动了；

她含着笑，洗着我们的衣服，

她含着笑，提着菜篮到村边的结冰的池塘去，

她含着笑，切着冰屑悉索的萝卜，

她含着笑，用手掏着猪吃的麦糟，

她含着笑，扇着炖肉的炉子的火，

她含着笑，背了团箕到广场上去

晒好那些大豆和小麦，

大堰河，为了生活，

在她流尽了她的乳液之后，

她就用抱过我的两臂，劳动了。

大堰河，深爱着她的乳儿；

在年节里，为了他，忙着切那冬米的糖，

为了他，常悄悄地走到村边的她的家里去，

为了他，走到她的身边叫一声“妈”，

大堰河，把他画的大红大绿的关云长

贴在灶边的墙上，

大堰河，会对她的邻居夸口赞美她的乳儿；

大堰河曾做了一个不能对人说的梦：
在梦里，她吃着她的乳儿的婚酒，
坐在辉煌的结彩的堂上，
而她的娇美的媳妇亲切地叫她"婆婆"
……
大堰河，深爱她的乳儿！

大堰河，在她的梦没有做醒的时候已死了。
她死时，乳儿不在她的旁侧，
她死时，平时打骂她的丈夫也为她流泪，
五个儿子，个个哭得很悲，
她死时，轻轻地呼着她的乳儿的名字，
大堰河，已死了，
她死时，乳儿不在她的旁侧。

大堰河，含泪地去了！
同着四十几年的人世生活的凌侮，
同着数不尽的奴隶的凄苦，
同着四块钱的棺材和几束稻草，
同着几尺长方的埋棺材的土地，
同着一手把的纸钱的灰，
大堰河，她含泪地去了。

这是大堰河所不知道的：

她的醉酒的丈夫已死去，

大儿做了土匪，

第二个死在炮火的烟里，

第三，第四，第五

在师傅和地主的叱骂声里过着日子。

而我，我是在写着给予这不公道的世界的咒语。

当我经了长长的飘泊回到故土时，

在山腰里，田野上，

兄弟们碰见时，是比六七年前更要亲密！

这，这是为你，静静地睡着的大堰河

所不知道的啊！

大堰河，今天，你的乳儿是在狱里，

写着一首呈给你的赞美诗，

呈给你黄土下紫色的灵魂，

呈给你拥抱过我的直伸着的手，

呈给你吻过我的唇，

呈给你泥黑的温柔的脸颜，

呈给你养育了我的乳房，

呈给你的儿子们，我的兄弟们，

呈给大地上一切的，

我的大堰河般的保姆和她们的儿子，

呈给爱我如爱她自己的儿子般的大堰河。

大堰河，
我是吃了你的奶而长大了的
你的儿子，
我敬你
爱你！

一九三三年一月十四日雪朝

马　赛

如今
无定的行旅已把我抛到这
陌生的海角的边滩上了。

看城市的街道
摆荡着，
货车也像醉汉一样颠扑，
不平的路
使车辆如村妇般
连咒带骂地滚过……
在路边
无数商铺的前面，
潜伏着
期待着
看不见的计谋，
和看不见的欺瞒……
市集的喧声
像出自运动场上的千万观众的喝彩声般

从街头的那边

冲击地

播送而来……

接连不断的行人，

匆忙地，

跄踉地，

在我这迟缓的脚步旁边拥去……

他们的眼都一致地

观望他们的前面

——如海洋上夜里的船只

朝向灯塔所指示的路，

像有着生活之幸福的火焰

在茫茫的远处向他们招手

……

在你这陌生的城市里，

我的快乐和悲哀，

都同样地感到单调而又孤独！

像唯一的骆驼，

在无限风飘的沙漠中，

寂寞地寂寞地跨过……

街头群众的欢腾的呼嚷，

也像飓风所扇起的沙石，

向我这不安的心头

不可抗地飞来……

午时的太阳，

是中了酒毒的眼，

放射着混沌的愤怒

和混沌的悲哀……

它

嫖客般

凝视着

厂房之排列与排列之间所伸出的

高高的烟囱。

烟囱！

你这为资本所奸淫了的女子！

头顶上

忧郁地流散着

弃妇之披发般的黑色的煤烟……

多量的

装货的麻袋，

像肺结核病患者的灰色的痰似的

从厂旁的门口，

不停地吐出……看！

工人们摇摇摆摆地来了！

如这重病的工厂

是养育他们的母亲——

保持着血统

他们也像她一样的肌瘦枯干！

他们前进时

溅出了沓杂的言语，

而且

一直把烦琐的会话，

带到电车上去，

和着不止的狂笑

和着习惯的手势

和着红葡萄酒的

空了的瓶子。

海岸的码头上，

堆货栈

和转运公司

和大商场的广告，

强硬地屹立着

像林间的盗

等待着及时而来的财物。

那大邮轮

就以熟识的眼对看着它们

并且彼此相理解地喧谈。

若说它们之间的

震响的

冗长的言语

是以钢铁和矿石的词句的，

那起重机和搬运车

就是它们的怪奇的嘴。

这大邮轮啊

世界上最堂皇的绑匪！

几年前

我在它的肚子里

就当一条米虫般带到此地来时，

已看到了

它的大肚子的可怕的容量。

它的饕餮的鲸吞

能使东方的丰饶的土地

遭难得

比经了蝗虫的打击和旱灾

还要广大，深邃而不可救援！

半个世纪以来

已使得几个民族在它们的史页上

涂满了污血和耻辱的泪……

而我——

这败颓的少年啊，

就是那些民族当中

几万万里的一员！

今天

大邮轮将又把我

重新以无关心的手势，

抛到它的肚子里，

像另外的

成百成千的旅行者们一样。

马赛！

当我临走时

我高呼着你的名字！

而且我

以深深了解你的罪恶和秘密的眼，

依恋地

不忍舍去地看着你，

看着这海角的沙滩上

叫嚣的

叫嚣的

繁殖着那暴力的

无理性的

你的脸颜和你的

向海洋伸张着的巨臂，

因为你啊

你是财富和贫穷的锁孔，

你是掠夺和剥削的赃库。

马赛啊

你这盗匪的故乡

可怕的城市！

铁窗里

只能通过这唯一的窗，

我才能——

看见熔铁般红热的奔流着的朝霞；

看见潮退后星散在平沙上的贝壳般的云朵；

看见如浓墨倾泻在素绢上的阴霾；

看见如披挂在贵妇人裸体上的绯色薄纱的霓彩；

看见去拜访我的故乡的南流的云；

看见拥上火的太阳的东海的云；

看见法兰西绘画里的塞纳河上的晴空般的天；

看见微风款步过海面时掀起鱼鳞样银浪般的天；

看见狂热的夏的天，抑郁的春的天，飘逸而

　　又凄凉的秋的天；

看见寂寞的残阳爬上

　　延颈歌唱在屋脊上的鸠的肩背；

看见温煦的朝日在翩跹的鸽群的白羽上闪光；

看见夜游的蝙蝠回旋在沉重的暮气里……

只能通过这唯一的窗，

我才能举起——

对于海洋的怀念，

    当碧空虚阔地展开的时候；

对于马雅可夫斯基的诗的太阳的怀念，

    当炎阳投射在赤色的围墙上；

对于千万的伸着古铜般巨臂的新世界创造者

      的怀念

    当汽笛的声音悠长而豪阔地横过；

对于秋的绯红的森林与萧萧芦洲的怀念，

    在秋风里；

对于家乡的满山火焰般杜鹃花的怀念，

    在传来的卖花声里；

对于坐着白漆艇荡过烟水渺茫的湖的怀念，

    当天空扬过一片云的白帆；

对于都市的汹嚣的夜的街道的怀念，

    当墙外喧响过车声与人语；

对于被夕阳烫熨着的大地的怀念；

对于雪的怀念，

    五月的秋的海的怀念；

对于一切在我的记忆里留过烙印的东西，都

    怀念着……

只能通过这唯一的窗，

我才能举起仰视的幻想的眼波，

在迎迓一切新的希冀——

在黄昏里希冀皓月与繁星，

在深夜希冀着黎明，

在炎夏希冀凉秋，

在严冬又希冀新春，

这不断的希冀啊，

使我感触到世界的存在；

带给我多量的生命的力。

这样，

我才能跨过——

    这黎明黄昏，黄昏黎明，春夏秋冬，

      秋冬春夏的茫茫的时间的大海啊。

春　雨

我愿天不下雨——

让我走出这乌黑的城市里的斗室，

走过那些煤屑铺的小路

慢慢地踱到郊外去，

因为此刻是春天——

毛织物该折好的季候了。

我要看一年开放一次的

桃花与杏花

看青草丛中的溪水，

徐缓地游过去

——像一条银色的大蟒蛇；

看公路旁边的电线上的白鸽，

咕叫着，拍着翅膀的白鸽；

看那些用脚踏车滑过柏油路的少女——

那些少女爱穿短裤

在柔风里飘着她们的鬈发，

一片蔚蓝的天

衬出她们鲜红的两颊

和不止的晴朗的笑……

而我将躺在高岗上，

让白云带着我的心

航过天之海……

我要听那些银铃样的歌声——

来自果树园中的歌声；

那些童年之珍奇的询问；

和那些用风与草编成的情话……

愿啮草的白羊来舐我的手，

我将给篱笆边上的农妇

和她的怀孕的牝牛以祈祷；

而我也将给这远方的，迷失在

煤烟里的城市

和繁忙的人群以怜悯……

但，天却飘起霏霏的雨滴了……

一九三七年三月二十三日　上海

太　阳

从远古的墓茔
从黑暗的年代
从人类死亡之流的那边
震惊沉睡的山脉
若火轮飞旋于沙丘之上
太阳向我滚来……

它以难遮掩的光芒
使生命呼吸
使高树繁枝向它舞蹈
使河流带着狂歌奔向它去

当它来时，我听见
冬蛰的虫蛹转动于地下
群众在旷场上高声说话
城市从远方
用电力与钢铁召唤它

于是我的心胸

被火焰之手撕开

陈腐的灵魂

搁弃在河畔

我乃有对于人类再生之确信

一九三七年春

春

春天了

龙华的桃花开了

在那些夜间开了

在那些血斑点点的夜间

那些夜是没有星光的

那些夜是刮着风的

那些夜听着寡妇的咽泣

而这古老的土地呀

随时都像一只饥渴的野兽

舐吮着年轻人的血液

顽强的人之子的血液

于是经过了悠长的冬日

经过了冰雪的季节

经过了无限困乏的期待

这些血迹，斑斑的血迹

在神话般的夜里

在东方的深黑的夜里

爆开了无数的蓓蕾

点缀得江南处处是春了

人问：春从何处来？

我说：来自郊外的墓窟。

一九三七年四月

生　命

有时
我伸出一只赤裸的臂
平放在壁上
让一片白垩的颜色
衬出那赭黄的健康

青色的河流鼓动在土地里
蓝色的静脉鼓动在我的臂膀里

五个手指
是五支新鲜的红色
里面旋流着
土地耕植者的血液

我知道
这是生命
让爱情的苦痛与生活的忧郁
让它去担载罢,

让它喘息在

世纪的辛酸的犁轭下，

让它去欢腾，去烦恼，去笑，去哭罢，

它将鼓舞自己

直到颓然地倒下！

这是应该的

依照我的愿望

在期待着的日子

也将要用自己的悲惨的灰白

去衬映出

新生的跃动的鲜红。

一九三七年四月

浪

你也爱那白浪么——
它会啮啃岩石
更会残忍地折断船橹
　　　　　　撕碎布帆

没有一刻静止
它自满地谈述着
从古以来的
航行者的悲惨的故事

或许是无理性的
但它是美丽的

而我却爱那白浪
——当它的泡沫溅到我的身上时
我曾起了被爱者的感激

　　　　　　　　　一九三七年五月二日

黎　明

当我还不曾起身
两眼闭着
听见了鸟鸣
听见了车声的隆隆
听见了汽笛的嘶叫
我知道
你又叩开白日的门扉了……

黎明，
为了你的到来
我愿站在山坡上，
像欢迎
从田野那边疾奔而来的少女，
向你张开两臂——
因为你，
你有她的纯真的微笑，
和那使我迷恋的草野的清芬。

我怀念那：

同着伙伴提了篾篮

到田堤上的豆棚下

采撷豆荚的美好的时刻啊——

我常进到最密的草丛中去，

让露水浸透了我的草鞋，

泥浆也溅满我的裤管，

这是自然给我的抚慰，

我将狂欢而跳跃……

我也记起

在远方的城市里

在浓雾蒙住建筑物的每个早晨，

我常爱在街上无目的地奔走，

为的是

你带给我以自由的愉悦，

和工作的热情。

但我却不愿

看见你罩上忧愁的面纱——

因我不能到田间去了，

也不能在街上奔跑——

一切都沉默着，

望着阴郁的雨滴徘徊在我的窗前

我会联想到：死亡，战争，

和人间一切的不幸……

黎明啊，

要是你知道我曾对你

有比对自己的恋人

更不敢拂逆和迫切的期待啊——

当我在那些苦难的日子，

悠长的黑夜

把我抛弃在失眠的卧榻上时，

我只会可怜地凝视着东方，

用手按住温热的胸膛里的急迫的心跳

等待着你——

我永远以坚苦的耐心，

希望在铁黑的天与地之间

会裂出一丝白线——

纵使你像故意折磨我似的延迟着，

我永不会绝望，

却只以燃烧着痛苦的嘴

问向东方：

"黎明怎不到来？"

而当我看见了你

披着火焰的外衣，

从天边来到阴暗的窗口时啊——

我像久已为饥渴哭泣得疲乏了的婴孩，

看见母亲为他解开裹住乳房的衣襟

泪眼迸出微笑，

心儿感激着，

我将带着呼唤

带着歌唱

投奔到你温煦的怀里。

一九三七年五月二十三日晨

死 地
——为川灾而作

大地已死了！
——躺开着的那万顷的荒原
是它的尸体

它死在绝望里；
临终时
依然睁着枯干的眼
巴望天顶
落下一颗雨滴……

没有雨滴
甚至一颗也没有

看见的到处是：
像被火烧过的
焦黑的麦穗
与枯黄的麦秆

与龟裂了的土地

那些麻雀呢？
那些曾用小眼
偷看着我们的田鼠呢？
一切都完了！

几千万的"地之子"，
从山坡到山坡，
从田原到田原，
寻找着，寻找着
一根草，一片树叶……

没有草
也没有树叶
——因为每一点绿色
必须有一滴露珠的润泽呀
给我们那些金黄的颗粒吧！
给我们那些
闪着收获者欣喜的汗珠的颗粒吧！

给我们雨滴吧——
让我们的妇女
再唱一次感恩的歌，

让我们
再饮一次酬神的酒吧！

向着天
千万人一齐地跪下

但是
没有雨滴！

几千万的"地之子"，
从山坡到山坡，
从田原到田原，
找不到草
找不到树叶
疲乏地喘息着……

哪儿去了？
——那些每年背了征粮的袋子
来搜劫
我们留在坛里的
最后的谷粒到哪儿去了？

还有那些
在讨债时带走了
我们妻女的首饰的人呢？

村上不再有鸡犬的鸣叫

屋顶也不再冒出炊烟了

到处是男人的叹息

女人的咽泣

与孩童的哀号……

于是他们——千万的"地之子"

伸出无数的手

像冬天的林木的枯枝般的手

向死亡的大地的心脏

挖掘食粮

可怜的"地之子"们啊

终于从泥土的滋味

尝到大地母亲蕴藏着的

千载的痛苦。

于是他们

相继地倒毙了！

——像草

像麦秆

在哑了的河畔

在僵硬了的田原。

而那些活着的

他们聚拢了——

像黑色的旋风

从古以来没有比这更大的旋风

卷起了黑色的沙土

在流着光之溶液的天幕下

他们旋舞着愤怒，

旋舞着疯狂……

从死亡的大地

到死亡的大地

你知道

那旋转着，旋转着的

旋风它渴望着什么呢？

我说

如有人点燃了那饥饿之火啊……

一九三七年六月三十日

复活的土地

腐朽的日子
早已沉到河底，
让流水冲洗得
快要不留痕迹了；

河岸上
春天的脚步所经过的地方，
到处是繁花与茂草；
而从那边的丛林里
也传出了
忠心于季节的百鸟之
高亢的歌唱。

播种者呵
是应该播种的时候了，
为了我们肯辛勤地劳作
大地将孕育
金色的颗粒。

就在此刻，
你——悲哀的诗人呀，
也应该拂去往日的忧郁，
让希望苏醒在你自己的
久久负伤着的心里：

因为，我们的曾经死了的大地，
在明朗的天空下
已复活了！
——苦难也已成为记忆，
在它温热的胸膛里
重新漩流着的
将是战斗者的血液。

一九三七年七月六日　沪杭路上

他起来了

他起来了——
从几十年的屈辱里
从敌人为他掘好的深坑旁边

他的额上淋着血
他的胸上也淋着血
但他却笑着
——他从来不曾如此地笑过

他笑着
两眼前望且闪光
像在寻找
那给他倒地的一击的敌人

他起来了
他起来
将比一切兽类更勇猛
又比一切人类更聪明

因为他必须如此

因为他

　　必须从敌人的死亡

夺回来自己的生存

　　　　　　　　一九三七年十月十二日　　杭州

雪落在中国的土地上

雪落在中国的土地上，
寒冷在封锁着中国呀……

风，
像一个太悲哀了的老妇，
紧紧地跟随着
伸出寒冷的指爪
拉扯着行人的衣襟，
用着像土地一样古老的话
一刻也不停地絮聒着……

那从林间出现的，
赶着马车的
你中国的农夫
戴着皮帽
冒着大雪
你要到哪儿去呢?

告诉你
我也是农人的后裔——
由于你们的
刻满了痛苦的皱纹的脸
我能如此深深地
知道了
生活在草原上的人们的
岁月的艰辛。

而我
也并不比你们快乐啊
——躺在时间的河流上
苦难的浪涛
曾经几次把我吞没而又卷起——
流浪与监禁
已失去了我的青春的
最可贵的日子,
我的生命
也像你们的生命
一样的憔悴呀

雪落在中国的土地上,
寒冷在封锁着中国呀……

沿着雪夜的河流，

一盏小油灯在徐缓地移行，

那破烂的乌篷船里

映着灯光，垂着头

坐着的是谁呀？

——啊，你

蓬发垢面的少妇，

是不是

你的家

——那幸福与温暖的巢穴——

已被暴戾的敌人

烧毁了么？

是不是

也像这样的夜间，

失去了男人的保护，

在死亡的恐怖里

你已经受尽敌人刺刀的戏弄？

咳，就在如此寒冷的今夜，

无数的

我们的年老的母亲，

都蜷伏在不是自己的家里，

就像异邦人

不知明天的车轮
要滚上怎样的路程……
——而且
中国的路
是如此的崎岖
是如此的泥泞呀。

雪落在中国的土地上，
寒冷在封锁着中国呀……

透过雪夜的草原
那些被烽火所啮啃着的地域，
无数的，土地的垦殖者
失去了他们所饲养的家畜
失去了他们肥沃的田地
拥挤在
生活的绝望的污巷里：
饥馑的大地
朝向阴暗的天
伸出乞援的
颤抖着的两臂。

中国的苦痛与灾难
像这雪夜一样广阔而又漫长呀！

雪落在中国的土地上

寒冷在封锁着中国呀……

中国

我的在没有灯光的晚上

所写的无力的诗句

能给你些许的温暖么?

一九三七年十二月二十八日夜间

风陵渡

风吹着黄土层上的黄色的泥沙
风吹着黄河的污浊的水
风吹着无数的古旧的渡船
风吹着无数渡船上的古旧的布帆

黄色的泥沙
使我们看不见远方
黄河的水
激起险恶的浪
古旧的渡船
载着我们的命运
古旧的布帆
突破了风，要把我们
带到彼岸
风陵渡是险恶的
黄河的浪是险恶的
听呵
那野性的叫喊

它没有一刻不想扯碎我们的渡船

和鲸吞我们的生命

而那潼关啊

潼关在黄河的彼岸

它庄严地

守卫着祖国的平安。

一九三八年初　风陵渡

北 方

一天
那个科尔沁草原上的诗人
对我说：
"北方是悲哀的。"

不错
北方是悲哀的。
从塞外吹来的
沙漠风，
已卷去北方的生命的绿色
与时日的光辉
——一片暗淡的灰黄
蒙上一层揭不开的沙雾；
那天边疾奔而至的呼啸
带来了恐怖
疯狂地
扫荡过大地；
荒漠的原野

冻结在十二月的寒风里，

村庄呀，山坡呀，河岸呀，

颓垣与荒冢呀

都披上了土色的忧郁……

孤单的行人，

上身俯前

用手遮住了脸颊，

在风沙里

困苦地呼吸

一步一步地

挣扎着前进……

几只驴子

——那有悲哀的眼

　　和疲乏的耳朵的畜生，

载负了土地的

痛苦的重压，

它们厌倦的脚步

徐缓地踏过

北国的

修长而又寂寞的道路……

那些小河早已枯干了

河底也已画满了车辙，

北方的土地和人民

在渴求着
那滋润生命的流泉啊！
枯死的林木
与低矮的住房
稀疏地，阴郁地
散布在灰暗的天幕下；
天上，
看不见太阳，
只有那结成大队的雁群
惶乱的雁群
击着黑色的翅膀
叫出它们的不安与悲苦，
从这荒凉的地域逃亡
逃亡到
绿荫蔽天的南方去了……

北方是悲哀的
而万里的黄河
汹涌着混浊的波涛
给广大的北方
倾泻着灾难与不幸；
而年代的风霜
刻画着
广大的北方的
贫穷与饥饿啊。

而我

——这来自南方的旅客，

却爱这悲哀的北国啊。

扑面的风沙

与入骨的冷气

决不曾使我咒诅；

我爱这悲哀的国土，

一片无垠的荒漠

也引起了我的崇敬

——我看见

我们的祖先

带领了羊群

吹着笳笛

沉浸在这大漠的黄昏里；

我们踏着的

古老的松软的黄土层里

埋有我们祖先的骸骨啊，

——这土地是他们所开垦

几千年了

他们曾在这里

和带给他们以打击的自然相搏斗

他们为保卫土地，

从不曾屈辱过一次，
他们死了
把土地遗留给我们——
我爱这悲哀的国土，
它的广大而瘦瘠的土地
带给我们以淳朴的言语
与宽阔的姿态，
我相信这言语与姿态，
坚强地生活在大地上
永远不会灭亡；
我爱这悲哀的国土，
　　古老的国土
——这国土
养育了为我所爱的
世界上最艰苦
与最古老的种族。

一九三八年二月四日　潼关

人 皮

敌人已败退了——

剩下的是乱石与颓垣

是焚烧过的一片

没有草、没有野花

村野已极荒凉了……

只有那无人走的路边

还留着几棵小树

风吹动着它们

在它们的枝叶间

发出幽微的哀叹的声响……

在一棵小树上

在闪着灰光的叶子的树枝上

倒悬着一张破烂的人皮

涂满了污血的人皮

这人皮

像一件血染的破衣

向这荒凉的土地

披露着无比深长的痛苦……

……这是从中国女人身上剥下的

一张人皮……

不幸的女子啊！

炮火已轰毁了她的家

轰毁了她的孩子，她的亲人

轰毁了她的维系生命的一切

不知是为了不驯从羞辱的戏弄呢

还是为了尊严而倔强的反抗呢

敌人把她处死了——

剥下了她的皮

剥下了无助的中国女人的皮

在树上悬挂着

悬挂着

为的是恫吓英勇的中国人民

无数的苍蝇

就在这人皮上麇集

人皮的下面

是腐烂发臭的一堆

血、肉、泥土，已混合在一起……

而挟着灰色尘埃的风

在把这腐臭的气息

吹送到遥远的、遥远的四方去……

中国人啊，
今天你必须
把这人皮
当作旗帜，
悬挂着
悬挂着
永远地在你最鲜明的记忆里
让它唤醒你——
你必须记住这是中国的土地
这是中国人用憎与爱，
血与泪，生存与死亡所垦殖着的土地；
你更须记住日本军队
法西斯强盗曾在这里经过，
曾占领过这片土地
曾在这土地上
给中国人民以亘古未有的
劫掠，焚烧，奸淫与杀戮！

一九三八年七月三日

黄　昏

黄昏的林子是黑色而柔和的
林子里的池沼是闪着白光的
而使我沉溺地承受它的抚慰的风啊
一阵阵地带给我以田野的气息……

我永远是田野气息的爱好者啊……
无论我漂泊在哪里
当黄昏时走在田野上
那如此不可排遣地困惑着我的心的
是对于故乡路上的畜粪的气息
和村边的畜棚里的干草的气息的记忆啊……

一九三八年七月十六日黄昏　武昌

我爱这土地

假如我是一只鸟，
我也应该用嘶哑的喉咙歌唱：
这被暴风雨所打击着的土地，
这永远汹涌着我们的悲愤的河流，
这无止息地吹刮着的激怒的风，
和那来自林间的无比温柔的黎明……
——然后我死了，
连羽毛也腐烂在土地里面。

为什么我的眼里常含泪水？
因为我对这土地爱得深沉……

一九三八年十一月十七日

冬日的林子

我欢喜走过冬日的林子——
没有阳光的冬日的林子
干燥的风吹着的冬日的林子
天像要下雪的冬日的林子

没有色泽的冬日是可爱的
没有鸟的聒噪的冬日是可爱的
冬日的林子里一个人走着是幸福的
我将如猎者般轻悄地走过
而我决不想猎获什么……

一九三九年二月十五日

他死在第二次

一　异床

等他醒来时
他已睡在异床上
他知道自己还活着
两个弟兄抬着他
他们都不说话

天气冻结在寒风里
云低沉而移动
风静默地摆动树梢
他们急速地
抬着异床
穿过冬日的林子

经过了烧灼的痛楚
他的心现在已安静了
像刚经过了可怕的恶斗的战场
现在也已安静了一样

然而他的血

从他的臂上渗透了绷纱布

依然一滴一滴地

淋滴在祖国的冬季的路上

就在当天晚上

朝向和他的异床相反的方向

那比以前更大十倍的庄严的行列

以万人的脚步

擦去了他的血滴所留下的紫红的斑迹

二　医院

我们的枪哪儿去了呢

还有我们的涂满血渍的衣服呢

另外的弟兄戴上我们的钢盔

我们穿上了绣有红十字的棉衣

我们躺着又躺着

看着无数的被金属的溶液

和瓦斯的毒气所啮蚀过的肉体

每个都以疑惧的深黑的眼

和连续不止的呻吟

迎送着无数的日子

像迎送着黑色棺材的行列

在我们这里

没有谁的痛苦

会比谁少些的

大家都以仅有的生命

为了抵挡敌人的进攻

迎接了酷烈的射击——

我们都曾把自己的血

流洒在我们所守卫的地方啊……

但今天，我们是躺着又躺着

人们说这是我们的光荣

我们却不要这样啊

我们躺着，心中怀念着战场

比怀念自己生长的村庄更亲切

我们依然欢喜在

烽火中奔驰前进啊

而我们，今天，我们

竟像一只被捆绑了的野兽

呻吟在铁床上

——我们痛苦着，期待着

要到何时呢？

三　手

每天在一定的时候到来

那女护士穿着白衣，戴着白帽

无言地走出去又走进来

解开负伤者的伤口的绷纱布

轻轻地扯去药水棉花

从伤口洗去发臭的脓与血

纤细的手指是那么轻巧

我们不会有这样的妻子

我们的姊妹也不是这样的

洗去了脓与血又把伤口包扎

那么轻巧，都用她的十个手指

都用她那纤细洁白的手指

在那十个手指的某一个上闪着金光

那金光晃动在我们的伤口

也晃动在我们的心的某个角落……

她走了仍是无言地

她无言地走了后我看着自己的一只手

这是曾经拿过锄头又举过枪的手

为劳作磨成笨拙而又粗糙的手

现在却无力地搁在胸前

长在负了伤的臂上的手啊

看着自己的手也看着她的手

想着又苦恼着，

苦恼着又想着，

究竟是什么缘分啊

这两种手竟也被搁在一起？

四 愈合

时间在空虚里过去

他走出了医院

像一个囚犯走出了牢监

身上也脱去笨重的棉衣

换上单薄的灰布制服

前襟依然绣着一个红色的十字

自由，阳光，世界已走到了春天

无数的人们在街上

使他感到陌生而又亲切啊

太阳强烈地照在街上

从长期的沉睡中惊醒的

生命，在光辉里跃动

人们匆忙地走过

只有他仍是如此困倦

谁都不曾看见他——

一个伤兵，今天他的创口

已愈合了，他欢喜

但他更严重地知道

这愈合所含有的更深的意义

只有此刻他才觉得

自己是一个兵士

一个兵士必须在战争中受伤

伤好了必须再去参加战争

他想着又走着

步伐显得多么不自然啊

他的脸色很难看

人们走着，谁都不曾

看见他脸上的一片痛苦啊

只有太阳，从电杆顶上

伸下闪光的手指

抚慰着他的惨黄的脸

那在痛苦里微笑着的脸……

五　姿态

他披着有红十字的灰布衣服

让两襟摊开着，让两袖悬挂着

他走在夜的城市的宽直的大街上

他走在使他感到陶醉的城市的大街上

四周喧腾的声音，人群的声音

车辆的声音，喇叭和警笛的声音

在紧迫地拥挤着他，推动着他，刺激着他，

在那些平坦的人行道上

在那些炫目的电光下

在那些滑溜的柏油路上

在那些新式汽车的行列的旁边

在那些穿着艳服的女人面前

他显得多么褴褛啊

而他却似乎突然想把脚步放宽些
（因为他今天穿有光荣的袍子）
他觉得他是应该
以这样的姿态走在世界上的
也只有和他一样的人才应该
以这样的姿态走在世界上的

然而，当他觉得这样地走着
——昂着头，披着灰布的制服，跨着大步
感到人们的眼都在看着他的脚步时
他的浴在电光里的脸
却又羞愧地红起来了
为的是怕那些人们
已猜到了他心中的秘密——
其实人家并不曾注意到他啊

六　田野

这是一个晴朗的日子
他向田野走去
像有什么向他召呼似的

今天，他的脚踏在
田堤的温软的泥土上
使他感到莫名的欢喜
他脱下鞋子

把脚浸到浅水沟里

又用手拍弄着流水

多久了——他生活在

由符号所支配的日子里

而他的未来的日子

也将由符号去支配

但今天，他必须在田野上

就算最后一次也罢

找寻那向他招呼的东西

那东西他自己也不晓得是什么

他看见了水田

他看见一个农夫

他看见了耕牛

一切都一样啊

到处都一样啊

——人们说这是中国

树是绿了，地上长满了草

那些泥墙，更远的地方

那些瓦屋，人们走着

——他想起人们说这是中国

他走着，他走着

这是什么日子呀

他竟这样愚蠢而快乐

年节里也没有这样快乐呀

一切都在闪着光辉

到处都在闪着光辉

他向那正在忙碌的农夫笑

他自己也不晓得为什么笑

农夫也没有看见他的笑

七　一瞥

沿着那伸展到城郊去的

林荫路，他在浓蓝的阴影里走着

避开刺眼的阳光，在阴暗里

他看见：那些马车，轻快地

滚过，里面坐着一些

穿得那么整齐的男女青年

从他们的嘴里飘出笑声

和使他不安的响亮的谈话

他走着，像一个衰惫的老人

慢慢地，他走近一个公园

在公园的进口的地方

在那大理石的拱门的脚旁

他看见：一个残废了的兵士

他的心突然被一种感觉所惊醒

于是他想着：或许这残废的弟兄

比大家都更英勇，或许

他也曾愿望自己葬身在战场

但现在，他必须躺着呻吟着

呻吟着又躺着

过他生命的残年

啊，谁能忍心看这样子

谁看了心中也要烧起了仇恨

让我们再去战争吧

让我们在战争中愉快地死去

却不要让我们只剩了一条腿回来

哭泣在众人的面前

伸着污秽的饥饿的手

求乞同情的施舍啊！

八　递换

他脱去了那绣有红十字的灰布制服

又穿上了几个月之前的草绿色的军装

那军装的血渍到哪儿去了呢

而那被子弹穿破的地方也已经缝补过了

他穿着它，心中起了一阵激动

这激动比他初入伍时的更深沉

他好像觉得这军装和那有红十字的制服

有着一种永远拉不开的联系似的

他们将永远穿着它们，递换着它们

是的，递换着它们，这是应该的

一个兵士，在自己的

祖国解放的战争没有结束之前

这两种制服是他生命的旗帜

这样的旗帜应该激剧地

飘动在被践踏的祖国的土地上……

九　欢送

以接连不断的爆竹声作为引导

以使整个街衢都激动的号角声作为引导

以挤集在长街两旁的群众的呼声作为引导

让我们走在众人的愿望所铺成的道上吧

让我们走在从今日的世界到明日的世界的道上吧

让我们走在那每个未来者都将以感激来追忆的道上吧

我们的胸膛高挺

我们的步伐齐整

我们在人群所砌成的短墙中间走过

我们在自信与骄傲的中间走过

我们的心除了光荣不再想起什么

我们除了追踪光荣不再想起什么

我们除了为追踪光荣而欣然赴死不再想起什么……

十　一念

你曾否知道

死是什么东西？

——活着，死去，

虫与花草

也在生命的蜕变中蜕化着……

这里面，你所能想起的

是什么呢?

当兵，不错，

把生命交给了战争

死在河畔!

死在旷野!

冷露凝冻了我们的胸膛

尸体腐烂在野草丛里

多少年代了

人类用自己的生命

肥沃了土地

又用土地养育了

自己的生命

谁能逃避这自然的规律

——那末，我们为这而死

又有什么不应该呢?

背上了枪

摇摇摆摆地走在长长的行列中

你们的心不是也常常被那

比爱情更强烈的什么东西所苦恼吗?

当你们一天出发了，走向战场

你们不是也常常

觉得自己曾是生活着，

而现在却应该去死

——这死就为了

那无数的未来者

能比自己生活得幸福吗？

一切的光荣

一切的歌赞

又有什么用呢？

假如我们不曾想起

我们是死在自己圣洁的志愿里？

——而这，竟也是如此不可违反的

民族的伟大的意志呢？

十一　挺进

挺进啊，勇敢啊

上起刺刀吧，兄弟们

把千万颗心紧束在

同一的意志里：

为祖国的解放而斗争呀！

什么东西值得我们害怕呢——

当我们已经知道为战斗而死是光荣的？

挺进啊，勇敢啊

朝向炮火最浓密的地方

朝向喷射着子弹的堑壕

看，胆怯的敌人

已在我们驰奔直前的步伐声里颤抖了！

挺进啊，勇敢啊

屈辱与羞耻

是应该终结了——

我们要从敌人的手里

夺回祖国的命运

只有这神圣的战争

能带给我们自由与幸福……

挺进啊，勇敢啊

这光辉的日子

是我们所把握的！

我们的生命

必须在坚强不屈的斗争中

才能冲击奋发！

兄弟们，上起刺刀

勇敢啊，挺进啊！

十二　他倒下了

竟是那么迅速

不容许有片刻的考虑

和像电光般一闪的那惊问的时间

在燃烧着的子弹

第二次——也是最后一次啊——

穿过他的身体的时候

他的生命

曾经算是在世界上生活过的

终于像一株

被大斧所砍伐的树似的倒下了

在他把从那里可以看着世界的窗子

那此刻是蒙上喜悦的泪水的眼睛

永远关闭了之前的一瞬间

他不能想起什么

——母亲死了

又没有他曾亲昵过的女人

一切都这么简单

一个兵士

不晓得更多的东西

他只晓得

他应该为这解放的战争而死

当他倒下了

他也只晓得

他所躺的是祖国的土地

——因为人们

那些比他懂得更多的人们

曾经如此告诉过他

不久，他的弟兄们

又去寻觅他

——这该是生命之最后一次的访谒

但这一次
他们所带的不再是舁床
而是一把短柄的铁铲

也不曾经过选择
人们在他所守卫的
河岸不远的地方
挖掘了一条浅坑……

在那夹着春草的泥土
覆盖了他的尸体之后
他所遗留给世界的
是无数的星布在荒原上的
可怜的土堆中的一个
在那些土堆上
人们是从来不标出死者的名字的
——即使标出了
又有什么用呢?

一九三九年春末

农 夫

你们是从土地里钻出来的吗？——
脸是土地的颜色
身上发出土地的气息
手像木桩一样粗拙
两脚踏在土地里
像树根一样难于移动啊

你们阴郁如土地
不说话也像土地
你们的愚蠢，固执与不驯服
更像土地呵

你们活着开垦土地，耕犁土地，
死了带着痛苦埋在土地里
也只有你们
才能真正地爱着土地

一九四〇年四月

土　地

像一根带子连着一根带子，

无数田塍接连着田塍……

长的，短的，粗的，细的，

一根纽结着一根，

平平地展开在地壳凹凸的表面，

伸张成不规则的褐色的网——

不整齐的田亩与池沼毗连着

缀成了颜色斑驳的图案；

紧随着季节与气候

以及困苦的手臂犁锄的操作

改变着每一片上面的颜色；

人类沿着网走成了路，

一条路连着一条路，

每一条路都通到无限去——

用脚步所织成的线络，

把千万颗心都纽结在一起；

从这里到天边，

从天边到这里，

幸运与悲苦呀，

哭泣与欢笑呀，

互相感染着，互相牵引着……

而且以同一的触角，

感触着同一的灾难，

——青青的血液沿着脉络，

密密地络住了它们乌黑的肉；

它们躺在那里

何等伸张自如啊……

被同一的阳光披盖着，

被同一的爱情灌溉着，

被同一的勤劳供养着……

一九四〇年四月十一日　湘南

太　阳

同我们距离得那么远

那么高高地在天的极顶

那么使我们渴求得流下了眼泪

那么使我们为朝向你而匍匐在地上

我们愿意为向你飞而折断了翅膀

我们甚至愿在你的烧灼中死去

我们活着在泥泞里像蚯蚓

永远翻动着泥土向上伸引

任何努力都是想早点离开阴湿

都是想从远处看见你的光焰

我们是蛾的同类要向你飞

我们甚至愿在你的烧灼中死去

只要你能向我们说一句话

一句从未听见却又很熟识的话

只是为了那句话我们才活着

只要你会说：凡看见你的都将会幸福

只要勤劳的汗有报偿，盲者有光

只要我们不再看见恶者的骄傲，正直人的血

只要你会以均等的光给一切的生命
我们相信这话你一定会有一天要证实
因此我们还愿意活着在泥泞里像蚯蚓
因此我们每天起来擦去昨天的眼泪
等待你用温热的手指触到我们的眼皮

一九四〇年四月十一日　湘南

水 鸟

两只水鸟浮动在水边
乌篷船里发出了枪声
一只在惊怖中逃逸了
另一只挣扎在受伤的痛苦里
它的翅翼无力地拍着水面
又迷乱地飞了几圈
才慢慢地向上举起
终于朝江岸的岩石
与丛林间飞去……

此刻
它在岩石的隙缝间
用自己的嘴抚自己的创伤
在寂寞的哀鸣里
期待着伴侣的来临

一九四〇年　夫夷江上

旷　野（又一章）

玉蜀黍已成熟得像火烧般的日子：
在那刚收割过的苎麻的田地的旁边，
一个农夫在烈日下
低下戴着草帽的头，
伸手采摘着毛豆的嫩叶。

静寂的天空下，
千万种鸣虫的
低微而又繁杂的大合唱啊，
奏出了自然的伟大的赞歌；
知了的不息聒噪
和斑鸠的渴求的呼唤，
从山坡的倾斜的下面
茂密的杂木里传来……

昨天黄昏时还听见过的
那窄长的峡谷里的流水声，
此刻已停止了；

当我从阴暗的林间的草地走过时，

只听见那短暂而急促的

啄木鸟用它的嘴

敲着古木的空洞的声音。

阳光从树木的空隙处射下来，

阳光从我们的手扪不到的高空射下来，

阳光投下了使人感激得抬不起头来的炎热，

阳光燃烧了一切的生命，

阳光交付一切生命以热情；

啊，汗水已浸满了我的背；

我走过那些用卷须攀住竹篱的

豆类和瓜类的植物的长长的行列，

（我的心里是多么羞涩而又骄傲啊）

我又走到山坡上了，

我抹去了额上的汗

停歇在一株山毛榉的下面——

简单而蠢笨

高大而没有人欢喜的

山毛榉是我的朋友，

我每天一定要来访问，

我常在它的阴影下

无言地，长久地，

看着旷野：

旷野——广大的，蛮野的……

为我所熟识

又为我所害怕的，

奔腾着土地、岩石与树木的

凶恶的海啊……

不驯服的山峦，

像绿色的波涛一样

横蛮地起伏着；

黑色的岩石，

不可排解地纠缠在一起；

无数的道路，

好像是互不相通

却又困难地扭结在一起；

那些村舍

卑微的，可怜的村舍，

各自孤立地星散着；

它们的窗户，

好像互不理睬

却又互相轻蔑地对看着；

那些山峰，

满怀愤恨地对立着；

远远近近的野林啊，

也像非洲土人的鬈发，

茸乱的鬈发，

在可怕的沉默里，

在莫测的阴暗的深处，

蕴藏着千年的悒郁。

而在下面，

在那深陷着的峡谷里。

无数的田亩毗连着，

那里，人们像被山岩所围困似的

宿命地生活着：

从童年到老死，

永无止息地弯曲着身体，

耕耘着坚硬的土地；

每天都流着辛勤的汗，

喘息在

贫穷与劳苦的重轭下……

为了叛逆命运的摆布，

我也曾离弃了衰败了的乡村，

如今又回来了。

何必隐瞒呢——

我始终是旷野的儿子。

看我寂寞地走过山坡，

缓慢地困苦地移着脚步，

多么像一头疲乏的水牛啊；

在我松皮一样阴郁的身体里，

流着对于生命的烦恼与固执的血液；

我常像月亮一样，

宁静地凝视着

旷野的辽阔与粗壮；

我也常像乞丐一样，

在暮色迷蒙时

谦卑地走过

那些险恶的山路；

我的胸中，微微发痛的胸中，

永远地汹涌着

生命的不羁与狂热的欲望啊！

而每天，

当我被难于抑止的忧郁所苦恼时，

我就仰卧在山坡上，

从山毛榉的阴影下

看着旷野的边际——

无言地，长久地，

把我的火一样的思想与情感

溶解在它的波动着的

岩石，阳光与雾的远方……

一九四○年七月八日　四川

公 路

像那些阿美利加人

行走在加里福尼亚的大道上

我行走在中国西部高原的

新辟的公路上

我从那隐蔽在群山的峡谷里的

一个卑微的小村庄里出来

我从那阴暗的，迷蒙着柴烟的小瓦屋里出来

带着农民的耿直与痛苦的激情

奔上山去——

让空气与阳光

和展开在山下的如海洋一样的旷野

拂去我的日常的烦琐

和生活的苦恼

也让无边的明朗的天的幅员

以它的毫无阻碍的空阔

松懈我的长久被窒息的心啊……

绵长的公路

沿着山的形体

弯曲地，伏贴地向上伸引

人在山上慢慢地升高

慢慢地和下界远离

行走在大气的环绕里

似乎飘浮在半空

我们疲倦了

可以在一棵古树的根上

坐下休息

听山涧从巉岩间

奔腾而下

看鹰鸳与雕鸽

呼叫着又飞翔着

在我们的身边……

而背上负着煤袋的骡马队

由衣着褴褛的人们带引着

由倦怠的喝叱和无力的鞭打指挥着

凌乱地从这里过去

又转进了一个幽僻山峡里去

我们可以随着它们的步伐

揣摹着在那山峡里和衰败的古庙相毗连

有着一排制造着简陋的工业品的房屋

那些载重的卡车啊

带着愉快的隆隆之声而来

车上的货物颠簸着

那些年轻的人们

朝向我这步行者

扬臂欢呼

在这样的日子

即使他们的振奋

和我的振奋不是来自同一的原由

我的心也在不可抑制地激动啊

更有那些轻捷的汽车

挣着从金属的反射

所投射出来的白光之翅

陶醉在疾行的速度里

在山脉上

勇敢地飞驰

鼓舞了我的感情与想象

和它们比翼在空中

于是

我的灵魂得到了一次解放

我的肺腑呼吸着新鲜

我的眼瞳为远景而扩大

我的脚因欢忭而跛行在世界上

用坚强的手与沉重的铁锤所劈击

又用爆烈的炸药轰开了岩石

在万丈高的崖壁的边沿

以石块与泥土与水门汀

和成千成万的劳动者的汗

凝固成了万里长的道路

上面是天穹

——一片令人看了要昏眩的蓝色

下面是大江

不止地奔腾着江水

无数的乌暗的木船和破烂的布帆

几乎是静止地漂浮在水面上

从这里看去

渺小得只成了一些灰暗的斑点

人行走在高山之上

远离了烦琐与阴暗的住房

可怜的心，诚朴的心啊

终于从单纯与广阔

重新唤醒了

一个生命的崇高与骄傲——

即使我是一个蚂蚁

或是一只有坚硬的翅膀的蚱蜢

在这样的路上爬行或飞翔

也是最幸福的啊……

今天，我穿着草鞋

戴着麦秆编的凉帽

行走在新辟的公路上

我的心因为追踪自由

而感到无限地愉悦啊

铺呈在我的前面的道路

是多么宽阔！多么平坦！

多么没有羁绊地自如地

向远方伸展——

我们可以清楚地看见

它向天的边际蜿蜒地远去

那么豪壮地络住了地面

当我在这里向四周凝望

河流，山丘，道路，村舍

和随处都成了美丽的丛簇的树林

无比调谐地浮现在大气里

竟使我如此明显地感到

我是站在地球的巅顶

一九四〇年秋

黎明的通知

为了我的祈愿
诗人啊，你起来吧

而且请你告诉他们
说他们所等待的已经要来

说我已踏着露水而来
已借着最后一颗星的照引而来

我从东方来
从汹涌着波涛的海上来

我将带光明给世界
又将带温暖给人类

借你正直人的嘴
请带去我的消息

通知眼睛被渴望所灼痛的人类
和远方的沉浸在苦难里的城市和村庄

请他们来欢迎我——
白日的先驱，光明的使者

打开所有的窗子来欢迎
打开所有的门来欢迎

请鸣响汽笛来欢迎
请吹起号角来欢迎

请清道夫来打扫街衢
请搬运车来搬去垃圾

让劳动者以宽阔的步伐走在街上吧
让车辆以辉煌的行列从广场流过吧

请村庄也从潮湿的雾里醒来
为了欢迎我打开它们的篱笆

请村妇打开她们的鸡埘
请农夫从畜棚牵出耕牛

借你的热情的嘴通知他们
说我从山的那边来，从森林的那边来

请他们打扫干净那些晒场
和那些永远污秽的天井

请打开那糊有花纸的窗子
请打开那贴着春联的门

请叫醒殷勤的女人
和那打着鼾声的男子

请年轻的情人也起来
和那些贪睡的少女

请叫醒困倦的母亲
和她身旁的婴孩

请叫醒每个人
连那些病者与产妇

连那些衰老的人们
呻吟在床上的人们

连那些因正义而战争的负伤者
和那些因家乡沦亡而流离的难民

请叫醒一切的不幸者

我会一并给他们以慰安

请叫醒一切爱生活的人
工人，技师以及画家

请歌唱者唱着歌来欢迎
用草与露水所掺合的声音

请舞蹈者跳着舞来欢迎
披上她们白雾的晨衣

请叫那些健康而美丽的醒来
说我马上要来叩打她们的窗门

请你忠实于时间的诗人
带给人类以慰安的消息

请他们准备欢迎，请所有的人准备欢迎
当雄鸡最后一次鸣叫的时候我就到来

请他们用虔诚的眼睛凝视天边
我将给所有期待我的以最慈惠的光辉

趁这夜已快完了，请告诉他们
说他们所等待的就要来了

一九四〇年五月

我的父亲

一

近来我常常梦见我的父亲——
他的脸显得从未有过的"仁慈"，
流露着对我的"宽恕"，
他的话语也那么温和，
好像他一切的苦心和用意，
都为了要袒护他的儿子。

去年春天他给我几次信，
用哀恳的情感希望我回去，
他要嘱咐我一些重要的话语，
一些关于土地和财产的话语：
但是我拂逆了他的愿望，
并没有动身回到家乡，
我害怕一个家庭交给我的责任，
会毁坏我年轻的生命。

五月石榴花开的一天，

他含着失望离开人间。

二

我是他的第一个儿子，

他生我时已二十一岁，

正是满清最后的一年，

在一个中学堂里念书。

他显得温和而又忠厚，

穿着长衫，留着辫子，

胖胖的身体，红褐的肤色，

眼睛圆大而前突，

两耳贴在脸颊的后面，

人们说这是"福相"，

所以他要"安分守己"。

满足着自己的"八字"，

过着平凡而又庸碌的日子，

抽抽水烟，喝喝黄酒，

躺在竹床上看《聊斋志异》，

讲女妖和狐狸的故事。

他十六岁时，我的祖父就去世；

我的祖母是一个童养媳，

常常被我祖父的小老婆欺侮；

我的伯父是一个鸦片烟鬼，

主持着"花会"，玩弄妇女；

但是他，我的父亲，

却从"修身"与"格致"学习人生——

做了他母亲的好儿子，

他妻子的好丈夫。

接受了梁启超的思想，

知道"世界进步弥有止期"，

成了"维新派"的信徒，

在那穷僻的小村庄里，

最初剪掉乌黑的辫子。

《东方杂志》的读者，

《申报》的订户，

"万国储蓄会"的会员，

堂前摆着自鸣钟，

房里点着美孚灯。

镇上有曾祖父遗下的店铺——

京货，洋货，粮食，酒，"一应俱全"，

它供给我们全家的衣料，

日常用品和饮茶的点心，

凭了折子任意拿取一切什物；

三十九个店员忙了三百六十天，
到过年主人拿去全部的利润。

村上又有几百亩田，
几十个佃户围绕在他的身边，
家里每年有四个雇农，
一个婢女，一个老妈子，
这一切造成他的安闲。

没有狂热！不敢冒险！
依照自己的利益和趣味，
要建立一个"新的家庭"，
把女儿送进教会学校，
督促儿子要念英文。

用批颊和鞭打管束子女，
他成了家庭里的暴君，
节俭是他给我们的教条，
顺从是他给我们的经典，
再呢，要我们用功念书，
密切地注意我们的分数，
他知道知识是有用的东西——
一可以装点门面，
二可以保卫财产。
这些是他的贵宾：

退伍的陆军少将，

省会中学的国文教员，

大学法律系和经济系的学生，

和镇上的警佐，

和县里的县长。

经常翻阅世界地图，

读气象学，观测星辰，

从"天演论"知道猴子是人类的祖先；

但是在祭祀的时候，

却一样的假装虔诚，

他心里很清楚：

对于向他缴纳租税的人们，

阎罗王的塑像，

比达尔文的学说更有用处。

无力地期待"进步"，

漠然地迎接"革命"，

他知道这是"潮流"，

自己却回避着冲激，

站在遥远的地方观望……

一九二六年

国民革命军从南方出发

经过我的故乡，

那时我想去投考"黄埔",
但是他却沉默着,
两眼混浊,没有回答。

革命像暴风雨,来了又去了。

无数年轻英勇的人们,
都做了时代的奠祭品,
在看尽了恐怖与悲哀之后,
我的心像失去布帆的船只
在不安与迷茫的海洋里飘浮……

地主们都希望儿子能发财,做官,
他们要儿子念经济与法律:
而我却用画笔蘸了颜色,
去涂抹一张风景,
和一个勤劳的农人。

少年人的幻想和热情,
常常鼓动我离开家庭:
为了到一个远方的都市去,
我曾用无数功利的话语,
骗取我父亲的同情。

一天晚上他从地板下面，

取出了一千元鹰洋，

两手抖索，脸色阴沉，

一边数钱，一边叮咛：

"你过几年就回来，

千万不可乐而忘返！"

而当我临走时，

他送我到村边，

我不敢用脑子去想一想

他交给我的希望的重量，

我的心只是催促着自己：

"快些离开吧——

这可怜的田野，

这卑微的村庄，

去孤独地飘泊，

去自由地流浪！"

三

几年后，一个忧郁的影子

回到那个衰老的村庄，

两手空空，什么也没有——

除了那些叛乱的书籍，

和那些狂热的画幅，

和一个殖民地人民的
深刻的耻辱与仇恨。

七月，我被关进了监狱
八月，我被判决了徒刑；
由于对他的儿子的绝望
我的父亲曾一夜哭到天亮。

在那些黑暗的年月，
他不断地用温和的信，
要我做弟妹们的"模范"，
依从"家庭的愿望"，
又用衰老的话语，缠绵的感情，
和安排好了的幸福，
来俘虏我的心。

当我重新得到了自由，
他热切地盼望我回去，
他给我寄来了
仅仅足够回家的路费。

他向我重复人家的话语，
（天知道他从哪里得来！）
说中国没有资产阶级，
没有美国式的大企业，

没有残酷的剥削和榨取；

他说："我对伙计们，

从来也没有压迫，

就是他们真的要革命，

又会把我怎样？"

于是，他摊开了账簿，

摊开了厚厚的租谷簿，

眼睛很慈和地看着我

长了胡须的嘴含着微笑

一边用手指拨着算盘

一边用低微的声音

督促我注意弟妹们的前途。

但是，他终于激怒了——

皱着眉头，牙齿咬着下唇，

显出很痛心的样子，

手指节猛击着桌子，

他愤恨他儿子的淡漠的态度，

——把自己的家庭，

当作旅行休息的客栈；

用看秽物的眼光，

看祖上的遗产。

为了从废墟中救起自己，

为了追求一个至善的理想，

我又离开了我的村庄，

即使我的脚踵淋着鲜血，

我也不会停止前进……

我的父亲已死了，

他是犯了鼓胀病而死的；

从此他再也不会怨我，

我还能说什么呢？

他是一个最平庸的人；

因为胆怯而能安分守己，

在最动荡的时代里，

度过了最平静的一生，

像无数的中国地主一样：

中庸，保守，吝啬，自满，

把那穷僻的小村庄，

当作永世不变的王国；

从他的祖先接受遗产，

又把这遗产留给他的子孙，

不曾减少，也不曾增加！

就是这样——

这就是为什么我要可怜他的地方。

如今我的父亲，
已安静地躺在泥土里
在他出殡的时候，
我没有为他举过魂幡
也没有为他穿过粗麻布的衣裳；
我正带着嘶哑的歌声，
奔走在解放战争的烟火里……

母亲来信嘱咐我回去，
要我为家庭处理善后，
我不愿意埋葬我自己，
残忍地违背了她的愿望，
感激战争给我的鼓舞，
我走上和家乡相反的方向——
因为我，自从我知道了
在这世界上有更好的理想，
我要效忠的不是我自己的家，
而是那属于万人的
一个神圣的信仰。

一九四一年八月

雪里钻

一

二月大雪后的黄昏
城里的别动队来了电话，
"今天晚上十一点钟
敌人有一列军火车
自北平开到保定。"

弟兄们检查着枪支，
扳动着枪机，
把子弹塞满了枪膛，
把子弹带捆在腰上，
夹带着亲热的戏谑，
重新扎紧了绑腿。

团长来邀我参加夜袭，
他拉我到骑兵班去，
在那成排的马群里，
他指给我一匹黑马。

像年轻人看见漂亮的女人似的，

心里激荡着欢喜。

这黑马俊秀而机敏，

乌黑发亮的身体，

像裹住了黑缎似的光滑；

两只耳朵直竖着，

好像两个新削的黑漆的竹筒；

四条腿直立着，

稳定像四根钢柱；

脚蹄洁白，干净，

好像上面沾满了白雪。

它肃静地站在夜色里，

全身的黑毛映着雪光，

好像随时都在警戒着；

假如不是它的耳朵在翻动

和它的眼睛在闪瞬，

你会以为它是一个

为纪念英雄而铸造的马像。

团长用手抚着它的下巴，

在石槽上划亮了火柴，

抽了几口旱烟，

他取下了烟斗
告诉我说：
"这是察哈尔种，
在密尔斯草原
度过了四个春天，
一个辗转在塞外的
年轻的南方人
把它带到太行山来……"

团长是欢喜沉默的，
今天他却说话了：
"这黑马虽然暴躁，
却很耐劳，
能跳过二丈宽的深沟，
曾经有三个骑者被它摔死，
但每当它的主人危难时，
它一定固守在一起。
因为它的四个白蹄，
人们叫它'雪里钻'。
和它作战在一起，
没有一次不胜利。
现在，我们要出发了，
我把它送给你。"

二

我跨上了马鞍，
在队伍里向东方前进。
马群在疾进中扬起的雪屑
飞粘在人们的身上，脸上，
无边的雪在原野上反光。

我们经过了许多村庄——
北方的低矮而又宽敞的房屋
和许多稀疏的树林；
一切都静静地被雪掩盖着，
只从远处听见了狗的叫声。

穿过广大的雪原，
临近了沦陷区的时候，
听见保定西关的日本守兵
朝向我们放射的枪声
——敌人已从马群的蹄踏
发现了我们的行踪。

不知是雪原使它兴奋呢，
还是它要和寒冷抵抗呢，
我的马，在祖国的平原上
广阔的被凌辱的土地上

奔跳着，急驰着，
像一阵旋风
卷过山谷似的勇猛。

三

我们到了大马房，
把马拴在大树下。
我们的队伍
向平汉路出发。

十一点钟到了，
"轰！"的一声火光冲天。
接着是炮弹爆炸的声响。
那毒蛇似的军火车
触到我们的地雷了！
敌人连骨头都炸碎了。
车辆的残片星散在雪地上。

雄鸡第一次鸣叫了，
我们带着胜利的歌声
回到了大马房。
我们歌唱着，笑着，大声的叫着，
大家忙着准备早餐，
到处都燃起了篝火，
到处都响起了歌声。

四

黎明来到了树林和村庄，

敌人的坦克车，轻机关枪车，

机关枪骑兵队，

行进在昏暗中的四架飞机，

从被占区出发

沿铁路线向我们追索

——残酷的敌人

想把我们歼灭

在铁路西面的平原上。

我正在电台里煮土薯，

大马房被包围了！

人们在惊慌中奔跑着。

我匆忙地离开了电台，

冒着那些散乱的枪声

去找我们的团长，

但他已走了。

村外是不停的枪声，

汽车的马达声，

坦克车的轮子滚转声……

我跑到骑兵班，

那个察哈尔骑兵

最后的跨上了他的马背。

我瞥见我的马
站在村里的大树下，
直竖着两只耳朵，
眼睛发出奇异的光辉，
尾巴焦躁地摆动着。
一切都在告诉我：
战争到了！
我知道我的生命
已和它的生命联结在一起。

我跨上了马背，
把缰绳一拉，
我的马像得了解放似的
兴奋地踢开了雪块
向村外冲去……

一到村外，它立刻发现
我们的骑兵队
正疾驰在微明的平原的上面。

我把我的身体
倒伏在马背上，
两手扯住它的鬃毛

——我的后面
喧吵着暴雨似的枪弹。

"雪里钻"在敌人的追赶里，
它的四个蹄子
疯狂地疾驰着，
它的身体腾空似的
带着我迅速地移动，
快得像一个向前抛掷的物体。

天色已完全发白，
天边露出清楚的地平线，
我终于赶上了骑兵队。
在我们的最前面，
我看见 205 号骏马，
上面骑着我们的团长。
英勇的"雪里钻"
感奋得像警报器似的吼叫起来。
这是我第一次听见
它如此坚决如此悲壮的吼声，
这吼声给我无比的鼓舞，
使我在狼狈的败退中
觉触到一种新的光芒。

但是一切都完了，

我们的马群

已临到了漕河的边岸

而敌人的骑兵

已迫近我们的后面。

敌人的机关枪

开始密集的射击，

那些小钢炮

在后面村庄的屋顶

喷发着炮弹；

那些炮弹

像夏天的急雨

打落在漕河的对岸，

阻止我们前进。

205 号骏马

第一匹踏上漕河冻结了的河面；

于是我们的整个马队

像突然得到了命令，

都跟随着

跳下了漕河。

敌人的炮弹

击碎了冰层，

冰块像冰雹似的
飞溅，零落在我们的身边。

205 号骏马
伴随着它的战友——
我们的政治委员
一起倒下在河面的那边。
从冰层爆起的弹片
已冷酷地击死了他们！

许多的同志们
发出最后的一声呼叫，
不可援救地牺牲了！

我们的马匹
从他们的尸体上跃过。
"雪里钻"
奔到 205 号马尸的旁边，
它的后左腿
突然陷进冰窟里，
两条前腿被冰一滑
跪下了。
我发出了惊叫：
"完了！"

我的祖国啊！
我已为你交付了
我年轻的生命，
我的战斗，
我的英勇。

在我面前的人们远了，
在我后面的
从我身边过去。

严重的恐怖包围着我，
我烦乱在子弹的喧吵里。
就在此刻，
敌人骑兵的第一匹马
已从漕河的岸上跃下。
我蓦地想起
我身边的军用地图，
在我死之前，
我应该把它烧去。
我一边倒过了"二把子"
向后面不停地射击，
一边伸手到皮包里
去摸索军用地图，

我的手触到了一柄小刀
——这小刀
是我在上一次的战斗中
从山本中队司令身上搜取来的。

我握住小刀，咬紧牙齿，
猛烈地向马屁股上一刺。
我噙着眼泪
叫喊着：
"起来！伙计！
你不要出卖我！"

马惨叫了一声，
从冰层上跃起，
冲过炮火的浓烟，
向前面的马队追赶。
……
我们的机关枪
把敌人的骑兵
挡在漕河的彼岸。

五

初春早晨的阳光
照耀在广大的雪原上。

子弹的声音已沉寂了，

我们的呼吸也松缓下来，

我感激地骑着"雪里钻"

向着归路上前进。

弟兄们都已去得很远了，

我回过头来向后面观望。

中国的雪的平原，

突然看见鲜红的血迹

淋滴在净白的雪堆上，

淋滴在印着蹄影的道路上……

我回到了我们驻扎的村庄。

团长已坐在拂了雪的石板上，

他为欢迎我而站立起来，

走到"雪里钻"的旁边，

伸手摸着在冒出白气的嘴。

他的脸映着春天的阳光。

他笑了：那么平静，那么温暖

好像一切都不曾发生……

一九四一年九月二十七日

少年行

像一只飘散着香气的独木船，
离开一个小小的荒岛；
一个热情而忧郁的少年，
离开了他的小小的村庄。

我不欢喜那个村庄——
它像一株榕树似的平凡，
也像一头水牛似的愚笨，
我在那里度过了我的童年；

而且那些比我愚蠢的人们嘲笑我，
我一句话不说心里藏着一个愿望，
我要到外面去比他们见识得多些，
我要走得很远——梦里也没有见过的地方：

那边要比这里好得多好得多，
人们过着神仙似的生活；
听不见要把心都舂碎的春臼的声音，

看不见讨厌的和尚和巫女的脸。

父亲把大洋五块五块地数好，
用红纸包了交给我而且教训我！
而我却完全想着另外的一些事，
想着那闪着强烈的光芒的海港……

你多嘴的麻雀聒噪着什么——
难道你们不知我要走了吗？
还有我家的老实的雇农，
你们脸上为什么老是忧愁？

早晨的阳光照在石板铺的路上，
我的心在怜悯我的村庄
它像一个衰败的老人，
站在双尖山的下面……

再见啊，我的贫穷的村庄，
我的老母狗，也快回去吧！
双尖山保佑你们平安无恙，
等我也老了，我再回来和你们一起。

一九四一年

秋天的早晨

在幽暗的山谷间
延河静静地流着
沿着山脚弯曲伸展
在田亩上放射银光

月亮已从山背回去
启明星闪耀在我们的山顶
四野响起雄鸡的晨唱
和接续的悠远的号声

秋天已沿着河岸来了——
披着稀薄的雾，带着微寒；
大豆萎黄了，荞麦枯焦了，
田亩上星散着收获物的堆积

金色的苞谷米
铺在屋背的斜面上
从那边的磨房传出

齐匀的筛面的声音

农夫从打开的门里出来
背脊因劳苦而微微驼起
一边呛咳，一边扣着钮扣
缓慢地向畜棚走去

那肮脏而懒惰的猪突然跃起
从木栅里伸动它的鼻子
企望主人给它丰盛的早餐
用刺耳的尖叫表示欢喜

农夫却把关心放到驴子身上
因为它勤奋劳苦而又瘦削
他把昨晚为它切好的干草
和了豆壳倒进了石槽

于是他走到圆大的磨床旁边
用高粱秆扎的帚子扫着磨床
慢慢地抽完了一次旱烟之后
从屋檐上取下驴子的轭套

他又从屋里搬出一箩小米
快要溢出的是无数细小的金珠

伸出粗糙而干裂的手取了几颗
放到嘴里用黄色的大牙咬着

干脆的！太阳从山顶投下光芒
他驾好驴子，把小米倒上磨床
用力在驴子的股肉上一拍
把这金黄的日子碾动了……

长长的骡马队从土墙边过去
骡夫高声喝叱着，挥着鞭子
零乱而清新，铜铃在震响
那声音沿着河流慢慢远逝

这时候，在河流的彼岸
一个青年为清晨的大气所兴奋
在那悬崖的下面，迎着流水
唱着一支无比热情的歌曲

一九四一年十月四日

时　代

我站立在低矮的屋檐下
出神地望着蛮野的山岗
和高远空阔的天空，
很久很久心里像感受了什么奇迹，
我看见一个闪光的东西
它像太阳一样鼓舞我的心，
在天边带着沉重的轰响，
带着暴风雨似的狂啸，
隆隆滚辗而来……

我向它神往而又欢呼！
当我听见从阴云压着的雪山的那面
传来了不平的道路上巨轮颠簸的轧响
我的心追赶着它，激烈地跳动着
像那些奔赴婚礼的新郎
　　——纵然我知道由它所带给我的
并不是节日的狂欢
和什么杂耍场上的哄笑，

却是比一千个屠场更残酷的景象，
而我却依然奔向它
带着一个生命所能发挥的热情。

我不是弱者——我不会沾沾自喜，
我不是自己能安慰或欺骗自己的人
我不满足那世界曾经给过我的
——无论是荣誉，无论是耻辱
也无论是阴沉的注视和黑夜似的仇恨
以及人们的目光因它而闪耀的幸福
我在你们不知道的地方感到空虚
我要求更多些，更多些呵
给我生活的世界
我永远伸张着两臂
我要求攀登高山
我要求横跨大海
我要迎接更高的赞扬，更大的毁谤
更不可解的怨恨，和更致命的打击——
都为了我想从时间的深沟里升腾起来……

没有一个人的痛苦会比我更甚的——
我忠实于时代，献身于时代，而我却沉默着
不甘心地，像一个被俘虏的囚徒
在押送到刑场之前沉默着

我沉默着，为了没有足够响亮的语言

像初夏的雷霆滚过阴云密布的天空

抒发我的激情于我的狂暴的呼喊

奉献给那使我如此兴奋，如此惊喜的东西

我爱它胜过我曾经爱过的一切

为了它的到来，我愿意交付出我的生命

交付给它从我的肉体直到我的灵魂

我在它的前面显得如此卑微

甚至想仰卧在地面上

让它的脚像马蹄一样踩过我的胸膛

一九四一年十二月十六日晨

太阳的话

打开你们的窗子吧
打开你们的板门吧
让我进去，让我进去
进到你们的小屋里

我带着金黄的花束
我带着林间的香气
我带着亮光和温暖
我带着满身的露水

快起来，快起来
快从枕头里抬起头来
睁开你的被睫毛盖着的眼
让你的眼看见我的到来

让你们的心像小小的木板房
打开它们的关闭了很久的窗子
让我把花束，把香气，把亮光，
　　温暖和露水撒满你们心的空间。

一九四二年一月十四日

河边诗草（五首）

歌

像初升的阳光刺击着
我的心充塞着青春的欢乐啊！
我在山巅上唱着粗野的歌
唱着没有拍节的没有词句的歌
唱着一些从心里流出的自由的歌
我一边唱一边从山上飞奔而下
歌声像风一样愉快地飘扬

一个农夫从山脚上来
背了犁耙牵了一头母牛
年轻的母牛啊，要做母亲的母牛
奇怪啊，那母牛突然停住了脚步
朝向我睁着眼竖起了耳朵
听着我的粗野的歌

新　苗

那些焚烧树林的都离开此地了
他们遗留下荒凉让我们开垦
我们耕耘，我们碎土，我们播种，
用自己的汗水灌溉大豆与小麦

太阳依然照着我们的土地

雨露依然给我们滋润

如今我们的种子已从温暖里醒来

含着绿色的微笑露出在地面

呼　唤

从深幽的山谷里

又传出布谷鸟的殷勤的呼唤了：

"春雷响过了

雨也下过了

土地也松了

勤奋的人们啊

快快地播种吧……"

布谷鸟它看尽了中国农民的日常苦恼

也看见了辛勤所得的收获

永远落在懒惰的人们的手里

它的咽喉被泪水所润泽

歌声是悠远而充满抑郁

在江南，现在它又在呼唤了

"田里的水很多了

溪里的鱼都在跳跃了

连荠菜也长大了
忠实的人们啊
快快插秧吧……”啊

羊　群

小小的绿色的斜坡上
布满了白色的柔和的羊群

它们的身体慢慢地移动
慢慢地涌着柔和的波浪

它们一边走一边吃草
静寂里发出细微而愉快的声音

羔羊在鸣叫母羊在应和
晴空里浸沐爱情

黄昏，阳光在它们的背上
披上了崭新的和平

旗

鲜艳的红色的方布上
缀着金色的斧头镰刀
被阳光浸浴着
被风吹拂着
旗，庄严地飘荡着

在亚洲的广阔的土地上

人类解放的信号
旧世界崩坍的标记
眼泪所栽培的欢笑
血所灌溉的花朵
旗，欣喜地飘荡着
在中国的古老的土地上

一九四二年四月

风的歌

我是季候的忠实的使者
报告时序的运转与变化
奔忙在世界上

寂静的微寒的二月
我从南方的森林出发
爬上险峻的山峰
走过卑湿的山谷
渡过湖沼与江河
带着温暖与微笑
沿途唤醒沉睡的生物

山巅的积雪溶化了
结冰的河流解冻了
黑色的土地吐出绿色的嫩芽
百鸟在飘动的树枝上歌唱
忧愁从人们脸上消失
含笑的眼睛
看着被阳光照射的田野

布谷鸟站在山岩上

一阵阵一阵阵地叫唤

殷勤地催促着农人

把土地翻耕

把河水灌溉

向田亩播撒种子

晴朗的发光的五月

我徘徊在山谷和田野

河流因我的跳跃激起波浪

池沼因我的漫步浮起皱纹

午后，我疾行在悬崖的边沿

晚上，我休息在森林

我是云的牧人

带领羊群一样的白云

放牧在碧蓝的晴空

从上空慢慢移行

阴影停留在旷野

我是雨的引路人

当大地为久旱所焦灼

我被发怒的乌云推拥

带着急喘，匆忙地

跃上山崖、跳下平野，
疾驰在闪电、雷、雨的前面
拍击着门窗，向人们呼喊：
"大雷雨要来了！
大雷雨要来了！"

成熟的丰盛的八月
挂满稻草的杉树林里
在草堆上微睡之后
走过收割了的田亩
到山脚下的乡村
裹着头巾的农妇
向我发出欢呼
当她们在广场上
高高地举起筛子
摆动风车的扇柄
我就以我的敏捷
帮助这些勤奋的人
把谷壳和米糠吹散出来

起雾和下雨的日子
我走在阴凉的大气里
自然在极度的繁华之后
已临到了厌倦

曾经美丽的东西

都已变成枯萎

飞鸟合上翅膀

鸣虫停止叫唤

我含着伤感

摇落树上欲坠的残叶

打扫枯枝狼藉的院子

推倒被秋雨淋成乌黑的篱笆

挨家挨户督促贫苦的人们

赶快更换屋背上的茅草

上山砍伐冬季的燃料

因为我知道，对于他们

更坏的日子还在后面

阴暗的忧郁的十一月

带着寒冷的雨滴

我离开遥远的北方

有时，在黄昏

穿过荒凉的旷野

我走近一家茅屋

从窗户向里面窥探

一个农夫和他的妻子

对着刚点亮的油灯

为不曾缴纳税租而愁苦

一听见外面有了声音

就突然打了一个寒噤

当我从摩天的山岭经过

盲眼的老人跟我下来

他是季候的掘墓人

以嫉妒为食粮

以仇恨为饮料

他的嘘息侵进我的灵魂

自从他和我同路以来

我就不再有愉快了

我抖索着，牵着他枯干的手

慢慢地从山上走下平原

沿着我来的路向南方移行

四周，看不见人影和兽迹

万物露出惨愁的样子

这个老人！他一边扶着我

一边用痉挛的手摸索

他的手指所触到的东西

都起了一阵可怕的寒颤

他的脚一伸到河流

河水就成了僵冻

他睁着灰白无光的眼睛

不断地从嘴里吐出咒语：

"大地死了……大地死了……"

于是他散播着雪片

抛掷着雪团

用一层厚厚的白雪

裹住大地的尸身

当我极目远望时

我也不禁伏倒在山岩上

啜泣……

尾　声

等一切生物经过长期的坚忍

经过悠久的黑暗与寒冷的统治

我又从南方海上的一个小岛起程

站在那第一只北航的船的布帆后面

带着温暖和燕子、欢快和花朵

唱着白云的柔美的歌

为金色的阳光所护送

向初醒的大地飞奔……

一九四二年九月六日

献给乡村的诗

我的诗献给中国的一个小小的乡村——
它被一条山岗所伸出的手臂环护着。
山岗上是年老的常常呻吟的松树；
还有红叶子像鸭掌般撑开的枫树；
高大的结着戴帽子的果实的榉子树
和老槐树，主干被雷霆劈断的老槐树；
这些年老的树，在山岗上集成树林，
荫蔽着一个古老的乡村和它的居民。

我想起乡村边上澄清的池沼——
它的周围密密地环抱着浓绿的杨柳，
水面浮着菱叶、水葫芦叶、睡莲的白花。
它是天的忠心的伴侣，映着天的欢笑和愁苦；
它是云的梳妆台，太阳、月亮、飞鸟的镜子；
它是群星的沐浴处，水禽的游泳池；
而老实又庞大的水牛从水里伸出了头，
看着村妇蹲在石板上洗着蔬菜和衣服。

我想起乡村里那些幽静的果树园——

园里种满桃子、杏子、李子、石榴和林檎，
外面围着石砌的围墙或竹编的篱笆，
墙上和篱笆上爬满了茑萝和纺车花：
那里是喜鹊的家，麻雀的游戏场；
蜜蜂的酿造室，蚂蚁的堆货栈；
蟋蟀的练音房，纺织娘的弹奏处；
而残忍的蜘蛛偷偷地织着网捕捉蝴蝶。

我想起乡村路边的那些石井——
青石砌成的六角形的石井是乡村的储水库，
汲水的年月久了，它的边沿已刻着绳迹。
暗绿而濡湿的青苔也已长满它的周围，
我想起乡村田野上的道路——
用卵石或石板铺的曲折窄小的道路，
它们从乡村通到溪流、山岗和树林，
通到森林后面和山那面的另一个乡村。

我想起乡村附近的小溪——
它无日无夜地从远方引来了流水
给乡村灌溉田地、果树园、池沼和井，
供给乡村上的居民们以足够的饮料；
我想起乡村附近小溪上的木桥——
它因劳苦消瘦得只剩了一副骨骼。
长年地赤露着瘦长的腿站在水里，

让村民们从它驮着的背脊上走过。

我想起乡村中间平坦的旷场——
它是村童们的竞技场，角力和摔跤的地方，
大人们在那里打麦，掼豆，扬谷，筛米……
长长的横竹竿上飘着未干的衣服和裤子；
宽大的地席上铺晒着大麦、黄豆和荞麦；
夏天晚上人们在那里谈天、乘凉，甚至争吵，
冬天早晨在那里解开衣服找虱子、晒太阳；
假如一头牛从山崖跌下，它就成了屠场。

我想起乡村里那些简陋的房屋——
它们紧紧地挨挤着，好像冬天寒冷的人们，
它们被柴烟薰成乌黑，到处挂满了尘埃，
里面充溢着女人的叱骂和小孩的啼哭；
屋檐下悬挂着向日葵和萝卜的种子，
和成串的焦红的辣椒，枯黄的干菜；
小小的窗子凝望着村外的道路，
看着山峦以及远处山脚下的村落。

我想起乡村里最老的老人——
他的须发灰白，他的牙齿掉了，耳朵聋了，
手像紫荆藤紧紧地握着拐杖，
从市集回来的村民高声地和他谈着行情；

我想起乡村里最老的女人——

自从一次出嫁到这乡村，她就没有离开过，

她没有看见过帆船，更不必说火车、轮船，

她的子孙都死光了，她却很骄傲地活着。

我想起乡村里重压下的农夫——

他们的脸像松树一样发皱而阴郁，

他们的背被过重的挑担压成弓形，

他们的眼睛被失望与怨愤磨成混沌；

我想起这些农夫的忠厚的妻子——

她们贫血的脸像土地一样灰黄，

她们整天忙着磨谷、舂米，烧饭，喂猪，

一边纳鞋底一边把奶头塞进婴孩啼哭的嘴。

我想起乡村里的牧童们，

想起用污手擦着眼睛的童养媳们，

想起没有土地没有耕牛的佃户们，

想起除了身体和衣服之外什么也没有的雇农们，

想起建造房屋的木匠们、石匠们、泥水匠们，

想起屠夫们、铁匠们、裁缝们，

想起所有这些被穷困所折磨的人们——

他们终年劳苦，从未得到应有的报酬。

我的诗献给乡村里一切不幸的人——

无论到什么地方我都记起他们，

记起那些被山岭把他们和世界隔开的人，

他们的性格像野猪一样，沉默而凶猛，

他们长久地被蒙蔽，欺骗与愚弄；

每个脸上都隐蔽着不曾爆发的愤恨；

他们衣襟遮掩着的怀里歪插着尖长快利的刀子，

那藏在套里的刀锋，期待着复仇的来临。

我的诗献给生长我的小小的乡村——

卑微的，没有人注意的小小的乡村，

它像中国大地上的千百万的乡村。

它存在于我的心里，像母亲存在儿子心里。

纵然明丽的风光和污秽的生活形成了对照，

而自然的恩惠也不曾弥补了居民的贫穷，

这是不合理的：它应该有它和自然一致的和谐：

为了反抗欺骗与压榨，它将从沉睡中起来。

一九四二年九月七日

维也纳

维也纳，你虽然美丽
却是痛苦的，
像一个患了风湿症的少妇
面貌清秀而四肢瘫痪。

维也纳，像一架坏了的钢琴，
一半的键盘发不出声音；
维也纳，像一盘深红的樱桃，
但有半盘是已经腐烂了的。

星星不能只半边有光芒，
歌曲不能只唱一半；
自由应该像苹果一样——
鲜红、浑圆是一个整体。

我的心啊在疼痛，
莫扎特铜像前的喷泉
所喷射的不是水花

而是奥地利人民的眼泪；
再伟大的天才
也谱不出今天维也纳的哀歌啊！

天在下着雨，
街上是灰白的水光，
维也纳，坐在古旧的圈椅里，
两眼呆钝地凝视着窗户，
一秒钟，一秒钟地
在捱受着阴冷的时间……

维也纳，让我祝福你：
愿明天是一个晴天，
阳光能射进你的窗户，
用温柔的手指抚触你的眼帘……

一九五四年七月八日晚　维也纳

一个黑人姑娘在歌唱

在那楼梯的边上，
有一个黑人姑娘，
她长得十分美丽，
一边走一边歌唱……

她心里有什么欢乐？
她唱的可是情歌？
她抱着一个婴儿，
唱的是催眠的歌。

这不是她的儿子，
也不是她的弟弟；
这是她的小主人，
她给人看管孩子；

一个是那样黑，
黑得像紫檀木；
一个是那样白，

白得像棉絮；

一个多么舒服，
却在不住地哭；
一个多么可怜，
却要唱欢乐的歌。

一九五四年七月十七日　里约热内卢

礁　石

一个浪，一个浪，
无休止地扑过来，
每一个浪都在它脚下
被打成碎沫、散开……

它的脸上和身上
像刀砍过的一样
但它依然站在那里
含着微笑，看着海洋……

一九五四年七月二十五日

启明星

属于你的是
光明与黑暗交替
黑夜逃遁
白日追踪而至的时刻

群星已经退隐
你依然站在那儿
期待着太阳上升

被最初的晨光照射
投身在光明的行列
直到谁也不再看见你

一九五六年八月

鱼化石

动作多么活泼，
精力多么旺盛，
在浪花里跳跃，
在大海里浮沉；

不幸遇到火山爆发，
也可能是地震，
你失去了自由，
被埋进了灰尘；

过了多少亿年，
地质勘探队员，
在岩层里发现你，
依然栩栩如生。

但你是沉默的，
连叹息也没有，
鳞和鳍都完整，

却不能动弹；

你绝对的静止，
对外界毫无反应，
看不见天和水，
听不见浪花的声音。

凝视着一片化石，
傻瓜也得到教训：
离开了运动，
就没有生命。

活着就要斗争，
在斗争中前进，
即使死亡，
能量也要发挥干净。

一九七八年

光的赞歌

一

每个人的一生
不论聪明还是愚蠢
不论幸福还是不幸
只要他一离开母体
就睁着眼睛追求光明

世界要是没有光
等于人没有眼睛
航海的没有罗盘
打枪的没有准星
不知道路边有毒蛇
不知道前面有陷阱

世界要是没有光
也就没有杨花飞絮的春天
也就没有百花争妍的夏天
也就没有金果满园的秋天
也就没有大雪纷飞的冬天

世界要是没有光

看不见奔腾不息的江河

看不见连绵千里的森林

看不见容易激动的大海

看不见像老人似的雪山

要是我们什么也看不见

我们对世界还有什么留恋

二

只是因为有了光

我们的大千世界

才显得绚丽多彩

人间也显得可爱

光给我们以智慧

光给我们以想象

光给我们以热情

创造出不朽的形象

那些殿堂多么雄伟

里面更是金碧辉煌

那些感人肺腑的诗篇

谁读了能不热泪盈眶

那些最高明的雕刻家
使冰冷的大理石有了体温
那些最出色的画家
描出色授魂与的眼睛

比风更轻的舞蹈
珍珠般圆润的歌声
火的热情、水晶的坚贞
艺术离开光就没有生命

山野的篝火是美的
港湾的灯塔是美的
夏夜的繁星是美的
庆祝胜利的焰火是美的
一切的美都和光在一起

三

这是多么奇妙的物质
没有重量而色如黄金
它可望而不可即
漫游世界而无体形
具有睿智而谦卑
它与美相依为命

诞生于撞击和磨擦
来源于燃烧和消亡的过程
来源于火、来源于电
来源于永远燃烧的太阳

太阳啊，我们最大的光源
它从亿万万里以外的高空
向我们居住的地方输送热量
使我们这里滋长了万物
万物都对它表示景仰
因为它是永不消失的光

真是不可捉摸的物质——
不是固体、不是液体、不是气体
来无踪、去无影、浩渺无边
从不喧嚣、随遇而安
有力量而不剑拔弩张
它是无声的威严

它是伟大的存在
它因富足而能慷慨
胸怀坦荡、性格开朗
只知放射、不求报偿
大公无私、照耀四方

四

但是有人害怕光
有人对光满怀仇恨
因为光所发出的针芒
刺痛了他们自私的眼睛

历史上的所有暴君
各个朝代的奸臣
一切贪婪无厌的人
为了偷窃财富、垄断财富
千方百计想把光监禁
因为光能使人觉醒

凡是压迫人的人
都希望别人无能
无能到了不敢吭声
让他们把自己当做神明

凡是剥削人的人
都希望别人愚蠢
愚蠢到了不会计算
一加一等于几也闹不清

他们要的是奴隶

是会说话的工具

他们只要驯服的牲口

他们害怕有意志的人

他们想把火扑灭

在无边的黑暗里

在岩石所砌的城堡里

永远维持血腥的统治

他们占有权力的宝座

一手是勋章、一手是皮鞭

一边是金钱、一边是锁链

进行着可耻的政治交易

完了就举行妖魔的舞会

和血淋淋的人肉的欢宴

回顾人类的历史

曾经有多少年代

沉浸在苦难的深渊

黑暗凝固得像花岗岩

然而人间也有多少勇士

用头颅去撞开地狱的铁门

光荣属于奋不顾身的人

光荣属于前赴后继的人

暴风雨中的雷声特别响
乌云深处的闪电特别亮
只有通过漫长的黑夜
才能喷涌出火红的太阳

五

愚昧就是黑暗
智慧就是光明
人类从愚昧中过来
那最先去盗取火的人
是最早出现的英雄
他不怕守火的鹫鹰
要啄掉他的眼睛
他也不怕天帝的愤怒
和轰击他的雷霆
于是光不再被垄断
从此光流传到人间

我们告别了刀耕火种
蒸汽机带来了工业革命
从核物理诞生了原子弹
如今像放鸽子似的
放出了地球卫星……

光把我们带进了一个

　　光怪陆离的世界：

X 光，照见了动物的内脏

激光，刺穿优质钢板

光学望远镜，追踪星际物质

电子计算机，

　　把我们推向了二十一世纪

然而，比一切都更宝贵的

是我们自己的锐利的目光

是我们先哲的智慧的光

这种光洞察一切、预见一切

可以透过肉体的躯壳

看见人的灵魂

看见一切事物的底蕴

一切事物内在的规律

一切运动中的变化

一切变化中的运动

一切的成长和消亡

就连静静的喜马拉雅山

也在缓慢地继续上升

认识没有地平线

地平线只能存在于停止前进的地方

而认识却永无止境
人类在追踪客观世界中
留下了自己的脚印

实践是认识的阶梯
科学沿着实践前进
在前进的道路上
要砸开一层层的封锁
要挣断一条条的铁链
真理只能从实践中得以永生

六

光从不可估量的高空
俯视着人类历史的长河
我们从周口店到天安门
像滚滚的波涛在翻腾
不知穿过了多少的险滩和暗礁
我们乘坐的是永不沉没的船
从天际投下的光始终照引着我们……

我们从千万次的蒙蔽中觉醒
我们从千万种的愚弄中学得了聪明
统一中有矛盾、前进中有逆转
运动中有阻力、革命中有背叛

甚至光中也有暗

甚至暗中也有光

不少丑恶与无耻

隐藏在光的下面

毒蛇、老鼠、臭虫、蝎子

和许多种类的粉蝶——

她们都是孵化害虫的母亲

我们生活着随时都要警惕

看不见的敌人在窥伺着我们

然而我们的信念

像光一样坚强——

经过了多少浩劫之后

穿过了漫长的黑夜

人类的前途无限光明、永远光明

七

每一个人都是一个生命

人是银河星云中的一粒微尘

每一粒微尘都有自己的能量

无数的微尘汇集成一片光明

每一个人既是独立的

而又互相照耀

在互相照耀中不停地运转

和地球一同在太空中运转

我们在运转中燃烧

我们的生命就是燃烧

我们在自己的时代

应该像节日的焰火

带着欢呼射向高空

然后迸发出璀璨的光

即使我们是一支蜡烛

也应该"蜡炬成灰泪始干"

即使我们只是一根火柴

也要在关键时刻有一次闪耀

即使我们死后尸骨都腐烂了

也要变成磷火在荒野中燃烧

八

作为一个微不足道的人

天文学数字中的一粒微尘

即使生命像露水一样短暂

即使是恒河岸边的一粒细沙

也能反映出比本身更大的光

我也曾经用嘶哑的喉咙歌唱

在不自由的岁月里我歌唱自由

我是被压迫的民族，我歌唱解放

在这个茫茫的世界上

为被凌辱的人们歌唱

为受欺压的人们歌唱

我歌唱抗争，歌唱革命

在黑夜把希望寄托给黎明

在胜利的欢欣中歌唱太阳

我是大火中的一点火星

趁生命之火没有熄灭

我投入火的队伍、光的队伍

把"一"和"无数"融合在一起

为真理而斗争

和在斗争中前进的人民一同前进

我永远歌颂光明

光明是属于人民的

未来是属于人民的

任何财富都是人民的

和光在一起前进

和光在一起胜利

胜利是属于人民的

和人民在一起所向无敌

九

我们的祖先是光荣的

他们为我们开辟了道路

沿途留下了深深的足迹

每一足迹里都有血迹

现在我们正开始新的长征

这个长征不只是二万五千里的路程

我们要逾越的也不只是十万大山

我们要攀登的也不只是千里岷山

我们要夺取的也不只是金沙江、大渡河

我们要抢渡的是更多更险的渡口

我们在攀登中将要遇到

　　更大的风雪、更多的冰川……

但是光在召唤我们前进

光在鼓舞我们、激励我们

光给我们送来了新时代的黎明

我们的人民从四面八方高歌猛进

让信心和勇敢伴随着我们

武装我们的是最美好的理想

我们是和最先进的阶级在一起

我们的心胸燃烧着希望

我们前进的道路铺满阳光

让我们的每个日子
　　都像飞轮似的旋转起来
让我们的生命发出最大的能量
让我们像从地核里释放出来似的
　　　极大地撑开光的翅膀
　　　在无限广阔的宇宙中飞翔

让我们以最高的速度飞翔吧
让我们以大无畏的精神飞翔吧
让我们从今天出发飞向明天
让我们把每个日子都当做新的起点

或许有一天，总有一天
我们这个古老的民族
我们最勇敢的阶级
将接受光的邀请
去叩开千万重紧闭的大门
访问我们所有的芳邻

让我们从地球出发
飞向太阳……

一九七八年八月—十二月

听，有一个声音……

夜深人静的时分
在中国的上空
有一个女人的幽灵——
听，有一个声音：

上

你们害怕我
因为我和真理在一起
你们仇恨我
因为我和人民在一起

你们不让我说话
死了的已经死了
活着的再不说话
就什么声音也没有了

只要我一开口
你们就要发抖
我的嘴喷出的是火

真理是永不熄灭的火

你们拿皮鞭抽我
就像抽牲口
你们用脚踢我
就像踢足球

你们拿我的胸部
锻炼你们的拳头
我身上是有神经的
你们把我看做石头

我又没有动手
为什么给铐上手铐
我又没有动脚
为什么给我钉上脚镣

我最爱光明
你们夺走了阳光
我最爱自由
你们把我关进牢房

你们不让我歌唱
我偏要大声地唱

我的歌你们不愿意听
我的歌是唱给人民的

你们用犯人管"犯人"
培养他们互相告密
你们不但要摧残肉体
还要腐蚀灵魂

管我的是一个女人
国民党中统女特务——
过去暗中杀共产党员
现在公开杀共产党员

居然以共产党员的血
换取你们对她的信任
她对我越残忍
你们越高兴

你们编造罪行
然后审判我
我是无罪的
有罪的是你们

你们把敌人当同志
你们把同志当敌人

你们让敌人折磨同志
你们自己就成了敌人

拿一个共产党员
和中统女特务交换
把我判了徒刑
她却得到释放

原来你们都是一伙
一批真正的牛鬼蛇神
只是你们更善于伪装
在革命阵营里干反革命

我的心是红宝石
灵魂比水晶更透明
你们用暴力逼我投降
我用理智战胜了你们

你们用死吓唬我
我早已下定决心
不是死于监狱
就是死于战争

你们变得疯狂了

想结束我的生命——
我无论活着还是死
都是你们的罪证

为了堵住我的嘴
不能向世界呼喊
你们下毒手了
杀鸡似的割断我的喉管

你们割得很熟练
我是第四十六名
你们还要割下去
让人间没有声音

我的喉管不是我个人的
我的喉管是属于人民
我的喉管是属于共产党的
我的喉管是传播真理的无缝钢管

铐上手铐——不让写
钉上脚镣——不让走
割断喉管——不让喊
但是，我还有思想——
通过目光射出愤怒的箭

我向你们看一眼

你们就浑身打颤

我向你们看两眼

就连心肺都扎穿

你们把我押送到刑场

想让我最后低下头来

我把头仰得更高

骄傲地迎接死亡

为什么不敢看我

为什么手在发抖

你们终究是胆怯的

你们终究是羞愧的

你们举起了枪

对准了我的胸膛

你们枪毙的不是我

你们枪毙的是真理

爱我的不要为我哭

恨我的不要为我笑

不是我死得太悲惨

而是我死得太早——

我爱的依然在受苦

我恨的依然在逍遥

活着的要提高警惕

敌人并没有放下屠刀

下

我并没有死

敌人想错了

我是不会死的

我是永恒的青春

一声枪响之后

发出万声回音

人间在怒吼

天上响着雷霆

我不是一个单数

我是一个总和

所有被你们诬陷的

都在拥护我

我是我们，我们是无数

我是无数的化身

我是千千万万的一员

我叫张志新

我被捕的时间
是一九六九年
我被枪毙的时间
是一九七五年

别看我只四十五岁
死于如花的年华
六年的监狱生活
连铁树也会开花

我倒下了，我起来了
我停止呼吸，我说话了
我没有死，我得到永生
和人民在一起，就得到永生——

人民将为我说话
人民将为我造像
人民将为我谱曲
人民将为我歌唱

全世界都在看着我
我是繁星中的一颗星

全世界都听见我的声音
我像汽笛欢呼着黎明

人民是千千万万面镜子
每面镜子都追踪着你们
照见你们的每一行动
照见你们丑恶的灵魂

看着你们在扑打灰尘
把手上的鲜血洗净
如何编造谎言
去骗取"功勋"

人民是千千万万个摄影机
每个镜头都对准着你们——
犹大的嘴脸
豺狼的心

　　　　　　一九七九年八月　哈尔滨

彩色的诗
——读《林风眠画集》

画家和诗人
有共同的眼睛
通过灵魂的窗子
向世界寻求意境

色彩写的诗
光和色的交错
他的每一幅画
给我们以诱人的欢欣

他所倾心的
是日常所见的风景
水草丛生的潮湿地带
明净的倒影，浓重的云层

大自然的歌手
篱笆围住的农舍
有一片蓝色的幽静
远处是远山的灰青

山麓的溪涧和乱石
暮色苍茫中的松林
既粗犷而又苍劲
使画面浓郁而深沉

也有堤柳的嫩绿
也有秋日的橙红
也有荒凉的野渡
也有拉网的渔人

对芦苇有难解的感情
从鹭鸶和芦苇求得和谐
迎风疾飞的秋鹜
从低压的云加强悲郁的气氛

具有慧眼的猫头鹰
抖动翅膀的鱼鹰
从公鸡找到民间剪纸的单纯
从喧闹的小鸟找到儿童画的天真

新的花，新的鸟
新的构思，新的造型
大理花的艳红，向日葵的粉黄
洁白的荷花，绣球花的素净

柠檬嫩黄，苹果青青
樱花林中，小鸟啼鸣
线条中有节奏
色彩中有音韵

凌乱中求统一
参错中求平衡
玻璃的杯子，玻璃的缸
细颈的大瓶，古装的美人

泥色皮肤的少女
在弹奏古筝
如纱的衣裙
柔如梦，轻如云

深刻地观察对象
具备激越的感情
更有装饰画的趣味
力求朴素而又鲜明

坚持自己的风格
最痛恨守旧因循
在技法上不断探索
破除对传统的迷信

从石涛到白石老人
从塞尚到高更
不断地扩大视野
具有大无畏的精神

他所给予我们的
是他所最喜爱的
他以忠诚的心
唱出最美的歌声

但是在十年的灾难岁月
他受到"四人帮"的监禁
度过的是寂寞的痛苦
冷酷的迫害和无情的否定

如今已近八十的高龄
终于得到了平反改正
即使在遥远的异邦
对祖国的怀念更深沉

绘画领域中的抒情诗人
抱着最坚定的信心
离开了自由创作
谈不上艺术生命

一九七九年冬　北京

我怎样写诗的

一　我的癖性

马雅可夫斯基要求有一架自行车，一架打字机，一架电话机，外用访客衣服，以及雨伞，等等；我所要求的再简单不过了：好的原稿纸，洁白的原稿纸；揉皱过的原稿纸对于我是最不利的。我爱在白的感觉上，编织由富有形象的句子组成的诗的花圈。一支普通的钢笔（我从来没有用过派克钢笔），但我最讨厌钢笔漏水，钢笔一漏水了，诗的情绪就像墨水一样凝聚在纸面上了。墨笔也是我所喜欢用的，但用墨笔的时候，情绪的抒发没有用钢笔的时候舒爽。

我常在清晨写诗，常在黎明的时候写诗。有一个时期，我也曾在晚上写诗，甚至没有灯光，只是把笔在纸上很快地写。当我睡眠时，我是一定要把笔和纸准备好，放在枕边的。在我创作狂热的时候，常常在梦里也在写诗的；而最普通的时候，是我感觉常常和诗的感觉一起醒来，这时候，我就睡在床上写，在黑暗里写，字很潦草，很大，到天亮时一看，常常把两句叠在一起了。

我的诗，下午写得很少。

我看重灵感。这或许是一个不很好听的名词。那么，让我们说是情绪的集中吧。假如我的情绪集中了，写成的诗是很少需要改动的；反之，则再三地改动之后，心里仍旧是不愉快。虽然，在别人是不会看出它们之间的差别的。

我爱静，不是死寂，却是要求没有喧闹来驱散我的思绪。当我在思索着什么的时候，我是完全把脑力集中在那被思索着的东西上面的，这时候，我和人家的答话，完全是敷衍，常常连自己都不知道曾说了些什么。

我的一个友人曾说过："假如艾青的诗能写得好，那就因为艾青能集中。"我的诗固然不好，但当我写诗的时候的确是很集中的。我想：这不只是写诗应该这样，就是整个生命也应该这样——在活着的时候，严肃地活；在写的时候，严肃地写。

我的思想活动是终日不停止的。我的脑在睡眠之外没有休息。我常常为我的脑痛苦；为了强迫它休息，我常常楼上楼下地走，在喧嚣的大街上走，在奔忙着的人群里走……

我常常用冰冷的手按住前额——那里面，像在沉静地波动着一种发热的溶液。

二　我为什么写诗

从前我是画画的，用色彩表示我对世界的感情。现在我却用语言来表示了。

最初写诗是在中学时代。用八十磅的光道林钉了一册横长的本子，结了丝绳。封面上用鲜艳的色彩画了蝴蝶或紫罗兰。至今想起来是很可笑的。最初被用铅字印出来的诗，是两首感叹西湖的、吊友的诗。在每个感伤的诗句子的后面，拖了一个疲乏的韵脚。那两首诗，一定是受了当时正在流行的浪漫主义的影响的。

在巴黎时，我读到了叶遂宁的《一个无赖汉的忏悔》，白洛克的《十二个》，马雅可夫斯基的《穿裤子的云》，也读了兰波、阿波里内尔、桑特拉司等诗人的诗篇。

我很孤独。而我的心却被更丰富的世界惊醒了。我对生活、对人世都很倔强地思考着，紧随着我的思考，我在我的画本和速写簿上记下了我的生活的警句——这些警句，产生于一个纯真的灵魂之对于世界提出责难的时候，应该是最纯真的诗的语言。

这些警句的性质，它们包括了对于资本主义世界所显露的一切矛盾：恋爱、政治、经济、文化、艺术……的矛盾以及对于革命的呼喊。

这是《透明的夜》的前身。但在写《透明的夜》时，作者已领受了现实的严酷的教训，所以不再有空想了。

当这首诗写好之后，我曾给好几位画画的朋友看过。我曾问过一个朋友："依你看，我的诗写得好些呢？还是我的画画得好些呢？"他说："你的诗写得好些。"不管这朋友说这话时的诚意到达了什么程度，这话对于我的艺术生涯上起了可怕的作用。

我撇开了已学了五六年的绘画，写起诗来了。

以后，我就一直为了发掘人类的不幸，为了警醒人类的良心，而寻觅着语言，剔选着语言，创造着语言。

而且，我也为这事业受过苦难，还在受着苦难，而且将继续地受着苦难。

三　我所受的影响

一般地说，我是比较欢喜近代的诗人们的作品的。

我最不欢喜浪漫主义的诗人们的作品。雨果的，谢尼哀的，拜伦的那些大部分，把情感完全表露在文字上的作品，我常常是没有耐心看完的。

歌德的自满的态度和他的说教的态度，我不喜欢。虽然他是一个巨匠。

我欢喜莎士比亚，《哈姆雷特》我是再三地阅读着的。《仲夏夜之梦》里的幻想太奢侈了。

莎士比亚的联想的丰富，生活的哲学的渊博，智慧光芒的闪炯，充满机智的语言，天才的戏谑……我没有在他以后的诗人中发现过。

凡尔哈仑是我所热爱的。他的诗，辉耀着对于近代的社会的丰富的知识，和一个近代人的明澈的理智与比一切时代更强烈更复杂的情感。

我欢喜兰波和叶遂宁的天真——而后者的那种属于一个农民的对于土地的爱，我是永远感到亲切的。

关于马雅可夫斯基，我只欢喜他的《穿裤子的云》这一长诗。他的其他的诗，常常由于铺张而显露了思想的架空。

四　我所采用的语言

批评家们说我的诗知识分子的气味太浓，他们的话所含的暗示我知道。事实上，没有一个作者不被他的教养和出身的环境所限制了的，而每个作者的进步过程就是他逐渐摆脱他的限制的过程。我是一个从来也不敢停止努力的人。我在继续不断地摆脱我出身的环境所加给我的限制。

我常常努力着使我的诗里尽量地采取口语。

我以为诗始终应该是诗。无论用文言写也好，用国语写也好，用大众语和地方语写也好，总必须写出来是诗。这意思就是：那所采用的语言必须能充分地表达了作者对于现实生活所引起的思想情感；必须在精炼的、简约的、明确的文字里面，包含着丰富的生活面貌、生活的智慧、生活的气息、生活的真理。

我常常在决定题材的采取同时决定语言的采取。我的语言是常常和因题材所决定的表现手法而变更的。

避免用纯粹文章气的句子写，避免用陈腐的烂调写，是每个诗人所应该努力的义务。但和这同时，每个诗人必须要对自己所采用的语言加以严格的选择。诗与散文在体裁上的分歧点，是在语言的气氛，语言的格调，语言的构造，和语言的简约与精炼的程度差别上开始的。

我常常避免用生涩的字眼和语句。我在诗里所花的努力之一，是在调整字与字之间的关系，调整语句与语句之间的关系。

当我不得已而采用一些现成的词汇的时候，我是每次都感到恶心的。但是为了那些现成的词汇比自己所创造出来的更自然，更完全地表达了思想情感，我又不得不袭用了它们。

但我确是如一些批评者所说，在同时代的诗人里面，比较的欢喜努力着创造新的词汇的人。我最嫌恶一个诗人沿用一些陈腐的烂调来写诗。我以为诗人应该比散文家更花一些工夫在创造新的词汇上。我们应该把"语言的创造者"作为"诗人"

的同义语。

这是一定的：诗人在他对于新的词汇的创造的努力中，他加深了自己对于事物的观察；诗人也只有在他对于事物有了更深刻的理解的时候，他才能创造了新的词汇，新的语言。

新的词汇，新的语言，产生在诗人对于世界有了新的感受和新的发现的时候。

有人说过："第一个说女人的脸像桃花的人是天才，第二个说女人的脸像桃花的人是蠢材。"原因就是第二个人他对世界没有新的发现。

假如我们没有把文字重新配置，重新组织，没有把语句重新构造，重新排列；假如我们没有以自己的努力去重新发现世界，发现事物与事物的关系，人与事物的关系，人与人的关系，我们就没有必要去制造一首诗。

大胆地变化，大胆地把字解散开来，又重新拼拢，重新凝固起来。

在人家还没有开始的地方开始起来，在人家还没有完成的地方去完成它。

而语言的应该遵守的最高的规律是：纯朴，自然，和谐，简约与明确。

五　形象的产生

一首没有形象的诗！这是说不通的话。

诗没有形象就是花没有光彩、水分与形状，人没有血与肉，一个失去了生命的僵死的形体。

诗人是以形象思考着世界，理解着世界，并且说明着世界的。形象产生于我们的对于事物的概括力的强旺和联想力与想象力的丰富。

每天洗涤自己的感觉，从感觉里摄取制造形象的素材。

从物与物的比拟里，去分别他们间的类似和差别的程度。再把类似的东西组成一个新的程序。

努力把握物体所存在的地位和周围的关系，人与社会之间的关系，事件与时间之间的关系。

诗人的脑子必须有丰富的储藏：无数的鲜活的形体和它们的静止与活动；无数的光与色彩的变化；无数的坚硬与柔软；无数的温暖与寒冷；无数的愉快的与不愉快的感觉。

只有储藏丰富了之后，所产生出来的形象才是自然的，生动的。

我常常唤醒自己的联想和想象。我常常从这一物体联想到和它类似的所有物体，从这一感觉唤醒和它类似的所有的感觉；我常常从我已有的经验里去组织一些想象。

联想和想象应该是从感觉到形象的必经的过程。没有丰富的联想和想象，是不可能有丰富的形象的。

当然，丰富的联想和丰富的想象，只有从丰富的生活经验里才能获得。

与青年诗人谈诗

——在《诗刊》社举办的"青年诗作者创作学习会"上的谈话

关于我自己

有同志问我是怎样推开诗的大门的？这问题很难回答。事情是这样开始的：有个人看到了我桌子上的一首诗，出于好意写了封信："编辑先生，寄上诗一首，如不录用，请退回。"他是寄到左联刊物《北斗》去的，想不到居然发表了。以后我自己也就采用这种形式："编辑先生，寄上诗一首，如不录用，请退回。"这样就开始写诗了。我本来是画画的，一九三二年七月我被捕了，关在监狱里不能画画。但可以写诗。我从一开始就没有把诗当作神，也没有把写诗当作一件英雄的事情，或者说是受了奥林匹斯山的什么神灵的召唤。总而言之，自己有话要讲，就用诗来发表吧！这样就成了一种习惯，不断写，不断发表。曾听人说，我的《大堰河——我的保姆》和《我的父亲》是姐妹篇，讲得很好。《大堰河——我的保姆》是在监狱里写的，一天，我从监狱的窗口看到外面下雪，忽然想起了我的保姆，想着，写着，就一口气写下来了。它是我第一次用艾青的名字，托人带给李又然，在庄启东编的刊物《春光》上发表的。不久，李又然来信，说这首诗轰动了全国。当然，这并不是说我排除了有意识地写诗。《我的父亲》就是作为那个时代的一个典型来写的。很强烈地想写这个典型。他的环境，他的社会关系，都是我有意识要写的。

对于这两首诗，我还想多讲几句。

《大堰河——我的保姆》是出于一种感激的心情写的。我的保姆你们可能认为很美，其实她长得不好看，诗里没有写她的相貌。她生了好多孩子，喂养我时已是第五个了，奶已不多，不可能哺育得很好。不过我幼小的心灵中总是爱她，直到我成年，也还是深深地爱她。《我的父亲》是在延安写的，和写《大堰河——我的保姆》相隔八九年。父亲这个典型完全是真实的，没有什么虚构。最近一个外国人想翻译这首诗，向我提出不少问题，例如，当时中国学生已受"进化论"的影响，那我父亲为什么还讲迷信？真迷信还是假迷信？我看是假迷信。他生活在农村，交往的却是县里的县长，镇上的警佐。警佐是吴晗的父亲，吴晗的母亲是我们村里人。小时我俩常一块儿玩。在那个地方，警佐很有地位和势力。另外，父亲还结交了军官、大学生，在"万国储蓄会"里有存款，订了《东方杂志》《申报》，就是这么一个典型，那样的时代产生了这么个人物。不过，他讲迷信有时又是真的。有一次，他头上被麻雀拉了泡屎，就递给我一个木碗，叫我去讨七家的茶叶，给他"洗晦气"，我不去，他一气之下把碗扣在我头上，血流了出来。我就生活在这样一个家庭中，很不愉快的。父亲常打我。有一次我被打后，气得写了张纸条："父贼打我！"放在抽屉里，他看见了，从此就不再打我。可见，有反抗他也害怕。我和家庭关系不好，还表现在从小不许我叫"爸爸""妈妈"，只许叫"叔叔""婶婶"，就使我直到现在"爸爸""妈妈"的音都发不好。这些都刺激着我产生反封建的意识和叛逆家庭的情绪。我稍稍长大，就想赶快离开家庭；西湖艺术院的院长鼓励我去国外学习，我也想离家庭越远越好；就这样，我骗我父亲说外国留学回来可赚大钱，他给了我去法国的路费，我就跑出去了。从这些背景情况中你们可以看看，我同父亲的关系究竟怎样？是不是同情他？我说不！说"有同情"，可能有那么几句：他从祖上接受了遗产，经营了几十年，没增加也没减少。这是事实，他就是这么个人，我是有意识把他作为那个时代的一个典型来写的。我不违背真实。

要写诗的人谈自己的诗很难，我觉得自己这两首诗在刻画典型方面，后者比前者要好。不过后者是在延安写的，那时实际上已开始"整风"，需要写工农兵的、大众化的作品，写那个东西，当时在延安似乎不大适合。

我过去每天都写诗，有时候在没有灯光的夜晚写，两句交叠在一起了，第二天把它们分开。一般都没有什么修改。现在有时候也改诗，那是感到诗中的观念不清楚，要讲的东西不清楚，或者为了念起来顺口，合乎内在节奏。

关于突破

同志们问我近期的诗歌与早期作比较，有哪些突破，准备在哪些方面有所突破。我没有考虑这个问题。我写诗时没有意识到要突破，我是有感就写，想什么就说什么。总是被什么东西包围了，才有突破的必要。突破总是对于处在一种包围状态来说的。

假如说现在诗要有什么突破，就是诗被大话、假话、谎话包围了。今后准备有哪些突破呢？现在我不知道。诗的现状怎样？如果现在的诗都是一般化，调儿都差不多，或者说是陈词滥调，那就需要突破。我从来没有在写东西的时候想到要突破什么。

关于生活、想象、真实的世界的关系

我发现自己的诗里凡是按照事实叙述的，往往写失败了，如《藏枪记》，是我去家乡听了一个抗日游击战士的故事后写的。完全根据人家怎么说，就怎么写的，事情写得很清楚，但不感动人。而《吹号者》《雪落在中国的土地上》《向太阳》《火把》这些诗毫无具体事实根据，全是想象的，但成功了。我没有当过伤兵，也没有当过吹号者，到现在为止，我还没有看见过一次火把游行的场面，完全是凭想象构思的，而且写得相当顺利，长诗《火把》几天就写成了。这里有一个问题很值得我们思考：为什么凭想象可以写出好诗来？为什么根据事实反而写不出好诗来？想象是以生活积累为基础的，生活积累并不限在一时一事上。运用想象也不限制在一时一事上。过分要求生活的真实，反而展不开想象。

我在写作的时候并没有从理性上认识哪些材料我要用，只是写着写着，写出来了。譬如写《雪落在中国的土地上》那首诗时，我是预感到天要下雪了，想象开去，出现了雪的草原，戴着皮帽、冒着大雪的马车夫；雪夜的河流，破烂的乌篷船里的蓬发垢面的少妇……这首诗发表后，重庆一次诗歌座谈会上有人放暗箭说：中国没有戴皮帽、冒着大雪赶马车的。我说奇怪，中国没有这样子的？不过，实际上我写《雪落在中国的土地上》

时确没见过那个场景，而是面对欲雪的天气想象出来的。

另外一首《雪里钻》，那是罗丹跟我讲述的，他讲得很生动，我也是展开了想象然后写成的。总之，有时候根据人家讲的，可以写出好诗；有时根据人家讲的记录下来，不一定是好诗。这里面，生活、想象、真实的世界的关系，很值得我们来思考。

关于诗的散文美

我说过诗的散文美，这句话常常引起误解，以为我是提倡诗要散文化，就是用散文来代替诗。我说的诗的散文美，说的就是口语美。这个主张并不是我的发明，戴望舒写《我的记忆》时就这样做了。戴望舒的那首诗是口语化的，诗里没有脚韵，但念起来和谐。我用口语写诗，没有为押韵而拼凑诗。我写诗是服从自己的构思，具有内在的节奏，念起来顺口，听起来和谐就完了。这种口语美就是散文美。我们可以用自己民族的口语写。我们可以用我们的方式来表现自己的时代。有没有用散文写诗的呢？有。没有采用形象思维的方式，只是叙述的方式。虽然看来很格律化，其实也还是散文化。杜甫的《石壕吏》，"暮投石壕村，有吏夜捉人"，整个是叙述的，是押韵的散文。像前边提到过的《藏枪记》便是属于这一种。

关于写得难懂的诗

有些人写的诗为什么使人难懂？他只是写他个人的一个观念，一个感受，一种想法；而只是属于他自己的，只有他才能领会，别人感不到的，这样的诗别人就难懂了。例如有一首诗，题目叫《生活》，诗的内容就一个字，叫"网"。这样的诗很难理解。网是什么呢？网是张开的吧，也可以说爱情是网，什么都是网，生活是网，为什么是网，这里面要有个使你产生是网而不是别的什么的东西，有一种引起你想到网的媒介，这些东西被作者忽略了，作者没有交代清楚，读者就很难理解。

不能够把自己最简单的、最狭隘的一点感觉，认为就是大家都能理解的感觉；或者是属于个人苦思冥想所产生的东西，也要别人接受。什么东西是美的，什么东西是丑的，每个人选择不一样，自己认为美的写上去了，别人不一定认为美，所以要寻求自己和大家之间相通的东西，用语言表达出来。诗人感觉到了，别人没有感觉到，这样的诗别人就不懂。出现这种现象，到底怪诗人还是怪别人？我看怪诗人，不能怪别人。我认为：一方面，诗人自己认为的美与丑要和群众认为的美与丑和谐一致；另一方面，这种和群众和谐的美与丑，还得有适当的交通工具介绍给读者。对有些事物，或许诗人比别人看得远一点，想得深刻一点，想得丰富一点。这远、深刻和丰富，总得让人家能够理解。有人说，我明明写清楚了，你说不懂，是你的问题。言外之意怪群众文化修养太差，理解能力太低。有些东西是难懂，难懂的东西要人家懂，有两种办法，一种是把群众的文化程度提高，提高到能够理解你的诗的程度；一种是把你的水平降低，降低到群众能接受的水平。就这两条路。要把群众的水平提高到理解你诗的程度，这工作不是一个人或几个人做的事情，这是整个国家、民族的文化程度、文化教养的问题。诗人自己就生活在这个时代的这个国家里，应该考虑怎样才能写出让更多人理解的作品。有种人傲慢地说："我的诗就是这个样子，懂不懂是你的事。"其实，你既然要发表，总还是为了让人看，还是让人看懂才好。

有些诗，读者、编者不懂，连作者自己也不懂。当年有位诗人写诗，大家作解释，解释了半天去问作者，作者说他不是那个意思。当然，有些别人不懂的诗，也可以是写得很好的诗，像刚才提到的这位诗人，就有一些好诗。诗人感受到的，不为读者所理解，是会有的。但作者总希望更多的人理解它，接受它；那种下决心写东西不让人看懂，恐怕是很个别的，不然为什么要发表呢？

关于欧化与民族化

随着时代的发展，与外民族的广泛接触，民族化内容也会发生变化。有人说当前诗歌有欧化的倾向。什么是欧化？假如说用我们通常现代汉语写出来的诗叫做"欧化"，这就不妥当。用我们的语言，我们的文字构造，我们每天讲的话写诗，怎么同"欧化"联系起来了呢？认为用另一种语言，有时是陈词滥调写五、七言诗，这就是民族化，有些诗句子都不通，破坏语言，有人为了押韵，把一些双音词颠倒起来算是"民族化"，这种做法也不妥当。

欧化主要表现在语言格调上、表现方法上。写外国的东西，如果采用我们民族理解的表现方法，这不叫欧化，所谓欧化，也要具体分析。你说，电扇，皮鞋，西式衬衣，算不算欧化？它们是外来的，说欧化也可以，但实际上与我们的民族发生了很久的关系。我们生活里汲取外来的东西太多了。五十年前或一百年前，男人都留辫子，辛亥革命以后才剪短，最初剪到齐耳根，算是革命行动。各个民族之间生活上互相有影响，现在中国的女布鞋在法国巴黎是最时髦的。大家化来化去，都差不多了。

我们说民族化，哪个是我们民族的形式呢？我们民族形式是长袍马褂。而这是清朝的。再往前一点，是旧戏戏装那样的明朝服饰。其实唐朝服装是受印度的影响，披披挂挂的。诗的形式中什么叫民族的形式？这很难说。七言的？五言的？八句？四句？可更早些时是四言的，还有三言的。说民族形式，是什么时候的民族形式算标准？我们现在的诗歌四句一段很多，在我们古典诗中没有这种形式。现在写自由诗的很多，以为我是写自由诗的。其实，我也不是光写自由诗的，我很多诗是按照格律要求写的。有人经常问我：什么形式有前途？我还是说，我反对算卦。我不知道我明天干什么，我不知道今天上午在这里谈完了，下午该怎么办。明天写什么，那是明天的事情；明天怎么样写，是明天的事情。至于你怎么写，他怎么写，这么多人，哪个能说？规定一个形式大家照这个形式写，才算符合教导？有人教导说：诗应该按照民族形式写，按照传统的方法写。当然，这样写写得好，我们赞成；你在那里下命令，谁听你的？我就不听。不听，总有这个自由吧。说我的诗不是诗，那就不发表，可以干别的，再去打扫厕所就是了。很简单的事。要大家这样写，那样写，你写出来让大家看嘛！你写出好的来别人就赞成。你叫大家按古典诗词形式写，你那时受的古诗词的教育，而我们今天所受的是另一种教育，我们写诗进行思考，我们写诗进行斗争。我们正是这样生活过来了，叫我们再走回头路很难。诗就是启发我们向前进的，用最经济的语言表达最丰富的思想，诗是文学的文学。不要说只能够这样写才是诗，那样写就不是诗。

关于流派

同志们问流派是怎么形成的？一个流派开始时并不是有意识地要创造一个什么流派，往往是很多人朝着某些共同点走，而且是非常顽固地这样走，是自自然然地形成的。我看流派者，有着三个特点：首先，流派既是流又是派，是众多的意思，不是单独一个人的；其次，产生流派总是由于共同赞成这样的主张或那样的主张而结合的结果，而这种主张可以是形式上的，或者内容上的；第三，由于流派总是按自己鲜明的主张而行事的，所以它总表现为排斥其它的。

有人问我现代派为什么产生于现代？这个问题很奇怪。现代派当然只能产生于现代。如果产生于古代那就是古代派了。其实中国现代诗歌，包括现代派，还没有真正成为派，就说现代派，原指三十年代以《现代》杂志为中心的那一批诗人的诗作。在中国，那个现代派是含糊其辞的称呼，它包括了象征派、新月派，各种各样，并不是一个流派。戴望舒是现代派，可他也是象征派，而最初他还受新月派的影响。若说现代人用现代口语写，就算现代派，那范围太广，大家都是现代派了，结果也就不成其为派了。也许可以按写格律诗和自由诗分派，但写格律诗的没有人提出"格律诗派"，写自由诗的也没有人提出"自由诗派"。今天中国新诗勉强要找流派，或者说那种自发的刊物可算是一派，但它们里面也不统一，有的写得看得懂，有的看不懂，看不懂的或者叫意识流派，或者叫未来派，但它们也没有鲜明的主张，非这样或那样写不可，也没有大声疾呼要打倒一切，像苏联早年的未来派提出的：要从现代的轮船上把普希金的作品扔到海里去。而诗，作为精神食粮，首先应该有营养，即使营养不尽合适，至少要让人能咽下去。我们吃不惯西餐，西餐里有像生的火腿同甜瓜拼成的一道菜，我就不吃，我只能吃点炒鸡蛋。凡是不习惯的东西，当然可以使它习惯起来，但必须看它有无营养价值，有营养价值的，可以从不习惯到习惯。

所以，作为流派讲，现在中国诗坛还没有产生，至少我还没有发现。不过听说有"风派"，这倒可以说是一派，它有它的地盘，它的读者，它的市场，因为很多人是健忘的。

关于时代的特点

我们这个时代的特点是什么？我觉得总起来讲，就是现代化。现代化是时代的特点，什么时候都要现代化。我们这个时代，假如勉强分析起来，把十年动乱也算在内，算是开始开放的时代。从什么环境里开放的呢？说原来是封建的，法西斯的，不好讲！不过，封建的东西是不是轻而易举的消灭了呢？没有！还多得很，还在通过这样那样的形式表现出来。开始开放，就是开了一点缝，一点门，能够接受一点外来的东西，能够接受一点与旧习惯不同的东西。马克思主义是发展的，现在对马克思主义各有各的解释，社会主义也出现了各种类型。我只是说，开始开放，不是大开大放，只是说能够允许带有独立性质的思考，凭着自己的脑子可以想一些东西，敢于考虑摆在面前所不能解决的问题。假如能够写出这个开放的精神，就是反映了时代精神。这是每个人都在考虑的，如何把自己的作品写得符合于开放时代的要求。有没有不开放的？有！不开放的东西大量存在，例如在创作上，规定只许这样想，不许那样想；只许这样写，不许那样写。

中国和外国隔绝得久了，也得开放开放，互相交流交流。就说文学，我们相互之间就很不了解。我到意大利访问，他们开了一批国内最大的诗人的名单。我们怎么办，我们没有一个读过他们的作品！他们把诗集一本本送给我们，我们也看不懂。实在有点悲哀。外国对我们很了解吧，也不见得。在法国，对我比较了解些，一九五八年出了一本《向太阳》，去年出了一本《艾青诗选》，今年我们自己也出了一本法文的《艾青诗选》。这样才算沟通了一点，了解一点，也只是一点而已。譬如，这次我在法国，有一个研究者来同我谈了一次，说可以写出论我的文章，我劝他不要搞，我说：我们国内有人搞了二十几年，也还没能搞出来，你同我谈了一下，怎么就可以很了解我？由于不开放，他们大抵是猜想的多，如英国有个研究我的人，准备考博士，论文中说我的《黑鳗》受《梁祝哀史》的影响；又说某首诗受莫泊桑小说的影响，连我自己都不知道，你说怎么办？

所以，我们时代的特点就是现代化，现代化就要开放，就要思想解放，就要中外交流，丰富我们自己，而我们的诗就要写得符合于开放时代的要求。

对青年诗作者的希望

对青年诗作者的希望，很大！这就是写出好诗来，各人按各人的兴趣写，自己想写什么就写什么，不听从这样写那样写的指令，思想解放一点，不要怕这怕那。怕什么？怕忽然飞来横祸。当然一点不怕也是假的，不怕也是怕，怕一点，不要怕得太厉害。

你们问：创作要注意些什么，或者来个"写作指导"？要"写作指导"的话，那就是：一、任何行业都不要写，因为任何行业都包括很多人；二、《百家姓》中的每个姓不要写，因为任何一个姓都有一大群人，是写我？写他？写谁？都要猜疑。你一动笔写了"邹"，就会被猜：是不是邹荻帆，还是已故的邹韬奋？哪个姓都不要写，所以鲁迅创造发明，写了个阿Q。你要写具体的人，就危险得很。不写姓，不写什么行业这些东西，也许就动不得笔了。看来只得这样做，如写爱情诗，多喊几句"爱情万岁！""少女万岁！"少女看了一定举双手赞成。其实，少女万岁就成了老太婆了，比老太婆还老太婆。

同志们还要我谈谈对未来中国新诗的想法。我讲过，我不会算命，也反对卜卦。有同志说："你说的这些，我们理解，但你毕竟在新诗的道路上走了几十年了，现在还在走，我们想知道你的想法。例如，过去你说过，'诗是生活的牧歌'，将来的诗还是生活的牧歌吗？那又是什么样的？是什么词，什么曲调呢？"我说：牧歌可以像牧羊人那样唱，也可以像进行曲那样唱，也可以像《苏武牧羊》那样唱。这个很难说。生活的牧歌，各人有各人的调。这里在座的有很多家，都是各自一家。我只是千家万家中的一家。

一九八〇年七月二十三日

延 伸 阅 读

"抗战三诗人"及其诗作

在抗战期间，面对民族危亡，人们纷纷以写诗来表达自己的抗日情感。在此背景下，一大批爱国诗人如雨后春笋般涌现出来，他们创作了大量充满爱国主义情怀的诗篇。其中诗歌创作成就最为突出的三位诗人分别是艾青、田间、臧克家，他们被合称为"抗战三诗人"。

艾青被称作"土地的诗人"，他在抗战期间连续出版了《北方》《旷野》等诗集，其中包括《雪落在中国的土地上》《北方》《我爱这土地》《旷野》等著名诗作。艾青所作的诗多是以北方生活为题材，表现饱受苦难的民族命运，风格忧郁深沉。

《雪落在中国的土地上》中描绘了寒冷的雪夜，其中"雪落在中国的土地上，/寒冷在封锁着中国呀……"这两句话在诗中反复出现了四次，表达了诗人对祖国前途深深的忧虑。《北方》中写道："我爱这悲哀的国土，/古老的国土/——这国土/养育了为我所爱的/世界上最艰苦/与最古老的种族。"这几句深刻地表现了诗人对灾难频频的祖国的无限依恋之情。《我爱这土地》是一首在中国现代诗歌史上广为传诵的抒情名篇，它表达了诗人对祖国、土地和人民真挚而炽热的爱。其中"为什么我的眼里常含泪水？/因为我对这土地爱得深沉……"这两句触动了亿万中国人民的心。艾青的诗歌在描写灾难的同时，也表现出了中华儿女在灾难中坚韧不拔、英勇奋战的可贵品质。

田间（1916—1985），原名童天鉴，安徽无为人，中国著名诗人。抗战时期，田间创作了许多优秀的抗战诗歌，先后发表了《呈在大风沙里奔走的岗卫们》《给战斗者》等诗篇。其诗常洋溢着爱国豪情，格调高亢，节奏简短，铿锵有力，宛如急骤的鼓点，令人热血沸腾、斗志昂扬。诗人因此被闻一多称为"擂鼓诗人""时代的鼓手"。田间的代表作《给战斗者》是一首献给广大手持武器、反抗日寇侵略的中国人民的诗歌。这首诗歌颂了中国人民的民族觉醒和奋起抗争的英勇精神，表达了中国人民不甘于蒙受屈辱，坚决与敌人奋战到底的气概和决心，也激励着广大人民为保卫祖国和争取自由解放而不懈斗争。

臧克家（1905—2004），山东诸城人，中国现代诗人，其诗多以旧中国的农村生活为题材，因而他被称为"农民诗人""泥土诗人"。在抗战时期，诗人多年深入战地生活，收获了更为丰富的题材，出版了《从军行》《淮上吟》等多部诗集。其中《从军行》讲述了诗人在抗战初期一段漫长的流亡经历，歌颂了全民抗战的热情。

抗战时期，充满爱国心、民族感的诗人们不顾个人安危，以笔代戈投身到战斗的洪流之中，为抗日摇旗呐喊，在无数中国人民心中播撒下对祖国的爱与忠诚的种子。他们的作品在今天仍然具有强烈的感染力和教育意义，让读者热血澎湃，心灵震颤。